La femme que nous sommes

Emma Deruschi

La femme que nous sommes

roman

Flammarion

ISBN : 978-2-0802-5087-2

À ma grand-mère

Marc,

Je t'ai menti. Il n'y a jamais eu de dégât des eaux au cabinet. C'était simplement l'excuse dont j'avais besoin pour justifier la fermeture.

Un flot de questions doit t'assaillir alors je préfère te prévenir : la lecture de mes explications risque de te prendre du temps et de t'ébranler. Quand tu auras pris connaissance de cette lettre, tu pourras annuler mes rendez-vous de la semaine. Nous n'échapperons pas aux mécontents mais je suis sûre que la plupart des patients me pardonneront en apprenant que tu t'occuperas personnellement de la prochaine séance (je t'encourage à prendre grand soin de ma patiente Eugénie Marteau, qui, je crois, en pince un peu pour toi, mais restons déontologiques...).

Marc, je suis partie de chez moi. Pour de bon...

Si je suis partie c'est parce que je n'avais plus le choix. Tu ne dois pas comprendre ce dont je parle, mais ça va venir très vite. Sers-toi peut-être un café mon ami. Je suis par avance désolée que ça tombe sur toi. Tu étais le seul sur qui je pouvais faire peser ça. C'est un lourd fardeau mais tu as toujours été la personne la plus fiable que je connaisse. Maintenant, ouvre ton tiroir de gauche s'il te plaît… »

Marc poursuivit sa lecture puis referma la lettre. Le gâchis n'avait plus besoin de mots. Elle l'avait écrite trois jours plus tôt. Il était trop tard aujourd'hui. Elisa ne reviendrait pas. Il ne restait plus que cette lettre, ces mots formés par sa petite main fine aux doigts doux. Il évoquait le souvenir de cette main comme on invoque les saints. En espérant son apparition. Que ne donnerait-il pas pour la toucher, la serrer contre lui et lui faire la promesse que, tant qu'il vivrait, elle n'aurait pas à écrire cette lettre ? Les regrets remontaient le temps, et l'emportaient jusqu'au matin où la main en question avait dû griffonner, sur cette maudite page, des adieux solennels imposés par un départ nécessaire. Au cours d'une vie parallèle, dans un autre univers, il attrapait cette main et la suppliait de s'en remettre à lui. Mais dans cette vie, il était trop tard. La lettre existait. Et, elle, cette main évocatrice du bonheur, s'était évaporée le jour où l'encre noire avait figé sur le papier blanc et lisse les mots d'adieu. L'histoire écrite, sans possibilité de retour. Il fallait maintenant apprendre à s'en séparer. Quitter la lettre comme Elisa l'avait quitté lui. Il restait encore un cœur innocent qui aurait besoin de lire ces mots. Un cœur qui devait connaître ce dont cette merveilleuse main était capable. La lettre appartenait désormais à ce cœur.

Le sien ne guérirait pas.

Le seuil des souffrances

Mourir était-il plus douloureux encore ? Elisa souffrait en ce doux mardi de juin. La douleur de la dernière fois qui lui avait broyé le dos refusait de s'estomper vraiment. Pourtant, elle l'accueillait bien plus facilement car elle ne s'accompagnait pas, cette fois, d'une douleur plus intime qu'il savait lui infliger avec précision. Elle se massa les côtes avec le peu de compassion qu'il lui restait pour elle-même. Manipuler des patients toute la journée n'aidait pas. Elle sentait que c'était à son tour d'être réparée. Face à la souffrance, quelques secondes prenaient le visage d'heures. Elisa ne se rappelait pas la violence de la chute mais son dos donnait l'impression d'être parsemé de piques qui lui labouraient les muscles. Elle avait eu la sensation de se dissoudre ce soir-là. Une dissolution silencieuse pour ne pas réveiller sa fille, Lucie. La douleur même ne comptait plus. Elle allait partir. Était-ce un soulagement ? Entrevoir une fin l'était souvent.

Elle regarda sa montre. Eugénie Marteau, sa patiente préférée, allait arriver. Elle était très ponctuelle. Habitude de vieille dame. Elle se tortilla sur sa chaise derrière son bureau pour que le haut de sa colonne craque. Comment était-ce avant les premiers cris ? Avant la première gifle ? Le temps des tendresses était révolu. Dissous lui aussi. Elle avait le don d'énerver Loïc, son mari, et elle s'en voulait de le mettre dans de tels états. Elle avait vraiment essayé de s'améliorer, d'être plus intelligente, plus jolie aussi, mais sans succès. Elle n'était jamais assez, ne faisait jamais bien. Mais une partie d'Elisa, la partie la plus pure de son être, celle à laquelle il n'aurait jamais accès, savait qu'elle ne méritait pas cela.

Elle secoua la tête. Il était inutile d'y penser maintenant. Eugénie, première patiente du mardi, serait là d'ici à cinq minutes. Eugénie Marteau était très élégante. Elle adorait recouvrir ses cheveux fins et délicats d'un blanc de cygne, de chapeaux de toutes formes et de toutes tailles : petits, grands, ourlés ou non, à plumes ou à pois, en paille ou en feutre. Lucie, qui l'avait déjà rencontrée au cabinet, l'appelait, dans cette langue innocente et splendide de l'enfance, *Dame Papo*. Ladite dame avait trouvé cela charmant et décrété qu'Elisa avait donné vie à l'enfant la plus délicieuse du monde. Elisa avait ri pour cacher son inquiétude. N'est-ce pas ce que tous les parents aiment entendre de leur progéniture ?

En effet, Lucie était merveilleuse, mais depuis quelque temps elle était perturbée. La maîtresse appelait souvent. Les comportements de sa fille devenaient étranges. Elle parlait moins. Refusait de jouer avec ses camarades et s'enfermait parfois dans de longs silences butés. Une fois, elle avait frappé le petit Dubois. Certes, ce n'était pas un comportement à encourager. Mais Lucie n'avait fait que riposter. Après tout, il l'avait traitée de grosse truie puante du cul quatre fois dans la même journée. À trois ans. Elisa avait récupéré sa fille en larmes ce jour-là. De longs sanglots l'agitaient et, malgré sa colère contre le geste de sa fille, elle n'avait pas pu se résoudre à être dure avec elle. Elle était fautive plus que quiconque. Son père également. Lui plus encore d'ailleurs. Elle l'avait d'abord consolée, emmenée manger des bonbons et voir les canards au parc avant de lui parler. Lucie lui avait fait un câlin en gazouillant des pardons mal articulés derrière des hoquets de larmes. Elle n'avait pas résisté. Elisa lui avait fait promettre de ne rien dire à son père. Cela devait rester un secret avec maman. Un secret à enterrer. Loin de son esprit d'enfant. Loin du danger. Elisa avait elle-même creusé de si nombreux retranchements qu'aujourd'hui elle n'y trouvait plus son chemin. Que deviendrait-elle une fois qu'elle s'appartiendrait ?

Elle était perdue dans ses pensées et rangeait de manière mécanique son cabinet en rêvant d'une cigarette alors qu'elle ne fumait plus depuis qu'elle était tombée enceinte, quatre ans auparavant. Elle remettait en place la table de travail, triait les papiers épars et réalignait les fauteuils moelleux où elle faisait asseoir ses patients en début et fin de séance. Ranger la calmait. Le désordre, de surcroît, l'angoissait. Il n'en avait pas toujours été ainsi. Une autre époque l'avait connue débordée, affairée et désordonnée. Ces traits de caractère faisaient rire ses amis et lever les yeux au ciel sa sœur et sa mère. Elle se moquait souvent de Cécile, son aînée de deux ans à peine, rigoriste à l'extrême, pour qui l'ordre et le rangement s'apparentaient à un art. Mais Loïc ne supportait pas le désordre et ce que Loïc aimait ou n'aimait pas était loi en son royaume. Elle, elle n'était rien. Ni reine ni paysanne. Elle était la continuité de tout ce qu'il exigeait. Ni plus ni moins.

Il avait vécu avec une mère qu'il avait érigée en parangon de perfection. Elisa savait qu'à ses yeux elle ne valait pas cette femme qui avait élevé ses trois garçons, seule, après la mort de son mari. Leur mère leur avait tout sacrifié. Sa vie de femme, son sourire, sa santé. De son côté, Elisa avait du mal à tenir la gestion d'une famille alors qu'elle n'avait qu'une seule enfant. Elle oubliait tellement de choses. Le goûter de la petite par exemple. Il lui arrivait de ne pas penser à le mettre dans son sac. Quand elle s'en rendait compte, il était souvent trop tard. Les brouillards de la culpabilité et de l'angoisse ne la quittaient pas. Elle priait en silence pour que Lucie n'en informe pas son père. La mère de Loïc, elle, n'aurait jamais oublié un seul goûter. Elle préparait les affaires de ses enfants avant d'aller à l'école, et chacun avait un repas personnalisé le soir si ce qui avait été prévu ne convenait pas au palais despotique de ses précieux petits. Elle s'enorgueillissait de la réussite de ses fils. Notamment de celle de Loïc, son petit prodige, son intellectuel, major de sa faculté de médecine et brillant chirurgien orthopédiste. Toutes les semaines, reine à la table dominicale, fière et altière, elle couvait ses réussites du regard. Jusqu'à l'année dernière. Elle était partie un tendre matin de mai. Emportée par le temps qu'elle n'avait pas su dompter. Ses fils ne s'en remettaient pas. Loïc encore moins que les autres. Lui, le « petit » à sa maman. Elisa s'abstenait de se moquer, même gentiment. La gentillesse, la tendresse, les taquineries n'avaient plus leur place entre eux. Le piège s'était refermé sans cela. Parfois il arrivait qu'elles se réinvitent. Pour quelques semaines, quelques jours ou quelques heures. Chaque fois de façon plus brève.

La fenêtre ouverte laissait entendre le bruit du flot ininterrompu de voitures circulant place de la Nation. Et tant de klaxons. Parfois de sirènes. Des voix. Elle aimait ces bruits. Ils teintaient le vacarme assourdissant de ses pensées muettes. Mais elle la ferma néanmoins. Eugénie était très frileuse même si elle rechignait à l'admettre. On toqua doucement à la porte. Elle perçut le son des petits talons de sa patiente qui claquaient sur le parquet. La cloison de son cabinet coulissa et laissa apparaître une dame frêle et âgée, un chapeau violet vissé sur le crâne, quelques boucles blanches s'échappant du bord, un sourire sur ses lèvres peintes en rose boisé.

— Bonjour ma belle Elisa ! Pourquoi votre regard est-il si obscur alors que cette journée est si belle ? Faites-moi un sourire ! Comment va ma Lulu tortue ?

Eugénie lui donnait invariablement un ordre en arrivant, qu'elle agrémentait généralement d'une bise sur la joue tout en prenant des nouvelles de Lucie.

— Bonjour Eugénie. Vous êtes si élégante ! Lulu va bien, mais je vous déconseille de lui parler de tortues. Sa marotte à présent ce sont les vaches. Elle est passionnée.

Eugénie Marteau était intuitive mais pas omnisciente. Pourtant, celle-ci s'obstinait à la fixer avec insistance. Elle la dévisageait.

— Vous êtes bien pâle.

— Et vous, votre hanche penche encore. Je l'ai vu dès que vous êtes entrée. Alors comment va votre dos ? Et vos doigts ?

Son arthrose n'allait pas en s'arrangeant. Le mal du grand âge. En tant que kinésithérapeute, Elisa en avait vu d'autres bien sûr. Mais aujourd'hui, Eugénie souffrait, cela se lisait à sa démarche moins assurée que d'habitude.

— Ça va mal. Forcément, j'ai quatre-vingt-quatre ans. Il ne faut pas s'attendre à ce que ça aille mieux ! Vous verrez dans cinquante ans. Ce sont les affres de la vieillesse que d'avoir vu passer les années pour finir par regretter maintenant les facilités que l'on a trop peu appréciées hier. C'est violent et cruel.

Elle raillait son âge, pestait contre les maux qui l'assaillaient mais sans reprocher quoi que ce soit à son interlocuteur. Soucieuse des autres en toutes circonstances, c'était aussi une râleuse née, Elisa l'avait compris. L'âge n'avait rien à voir là-dedans. Elle se surprit à penser qu'elle aurait aimé lui ressembler. Si libre. Comme elle l'avait été. Comme avant, du temps béni des joies discrètes que l'on possède sans le savoir, sauf à les perdre : se lever à des heures indues, rire fort, contredire l'autre, repousser au lendemain. Vivre.

— Vous êtes prête pour les manipulations ? Je vais vous faire réaliser quelques exercices avant de masser. Enlevez d'abord vos bas, s'il vous plaît.

Eugénie la regarda avec un air complice et mutin à la fois.

— Je connais la chanson, ma jolie. Soyez douce avec moi, je vous en supplie. Ce soir, je mange avec ma petite-fille Jeanne. Je dois être d'aplomb !

Comment aurait-elle pu savoir qu'à présent la douceur s'imposait à Elisa plus que toute autre chose ? Plus elle s'éloignait de sa vie, plus la douceur lui devenait nécessaire.

Jeanne

Elle se réveilla de mauvaise humeur. Le vendredi était là, mais ne lui apportait aucune paix. Au contraire, son arrivée signifiait qu'il fallait tout recommencer. Encore.

Jeanne bâilla en tapant du poing contre la couette. Où trouver du réconfort ? Le dîner de mardi dernier avec sa grand-mère, Eugénie, après son rendez-vous kiné, avait été morose. Elle n'avait pas osé se confier. Elle voulait se réfugier, au fond de son lit, dans ce cocon de coton et y rester jusqu'à ce que l'envie de hurler lui soit passée. Jusqu'à ce que le monde l'ait oubliée et qu'elle ait oublié la masse rampante qui s'acharnait à la faire se sentir mal. C'était douloureux. Son dernier placement de produit sur YouTube avait engendré un véritable déferlement de haine. Une rage collective et anonyme s'était abattue sur elle. Elle avait reçu un torrent de commentaires injurieux, de moqueries et de menaces de mort et de viol.

Ses amies, en guerrières du Net, l'avaient poussée à préparer une vidéo sur le harcèlement dont elle était victime depuis plus d'une semaine. Jeanne, elle, voulait seulement que la boule qui se logeait au creux de son ventre, l'empêchant de respirer, disparaisse. Elle reprenait la mauvaise habitude de se ronger les ongles face aux messages d'insultes qu'elle recevait chaque jour. Elle avait merdé. Indéniablement. Mais cela ne justifiait pas le harcèlement dont elle était victime. Bien sûr, elle avait porté plainte contre les plus virulents, installé une application qui écartait tous les commentaires les plus ignobles, et poursuivrait en justice ceux qui s'acharneraient contre elle. Jeanne recevait chaque jour des dizaines de montages à caractère pornographique sur lesquels son visage avait été ajouté. Le drame, c'était de ne pas réussir à se déconnecter. Il fallait qu'elle voie ce que l'on disait sur elle et surtout qu'elle se défende. Quatre ans après avoir ouvert sa chaîne YouTube et à seulement vingt-deux ans, elle avait appris à ignorer les critiques. Du moins le croyait-elle. Jusqu'à ce qu'une vague la submerge. Jusqu'à ce qu'on lui reproche d'exister et de vivre.

Elle se retenait d'attraper son portable pour faire défiler la pluie d'insultes reçues pendant la nuit. D'abord un café. Un café chaud avant de se frotter au monde. Elle s'extirpa de son lit avec peine et tomba nez à nez avec son reflet. Elle prit soudain conscience de l'exercice de vanité supplémentaire qu'elle s'infligeait dès que ses yeux s'ouvraient.

Vers qui pourrait-elle se tourner ? Ses parents flippaient déjà beaucoup trop, et puis ce serait un nouveau prétexte pour s'engueuler. Elle s'abstiendrait de les inquiéter davantage. Comment tout avait-il pu dégénérer ?

Elle sirotait son café en silence. N'y tenant plus, elle saisit son portable et ouvrit son compte Twitter bien décidée à répondre aux commentaires les plus abjects. Sa résolution la quitta néanmoins face au premier tweet sur lequel elle tomba : *« Grosse pute. T'as d'la chance que j'croise pas ta tête de crasseuse sinon j'te démonte. »* Compte anonyme créé dans le but de nuire. Comme d'hab'. Elle soupira et, impuissante, jeta son portable sur son lit en éclatant en sanglots.

Jeanne n'avait voulu blesser personne en acceptant ce partenariat avec cette marque de pilule minceur facilitant, en principe, la perte de poids. Elle l'avait essayée de son côté et il ne s'était rien passé. Elle ne pouvait pas savoir qu'une personne finirait complètement déshydratée à l'hôpital après des désordres intestinaux importants à cause de l'ingestion des pilules. Jeanne avait échangé avec la jeune femme qui allait mieux et portait plainte contre la marque, mais elle n'en voulait pas à Jeanne. Cette dernière ne savait même plus quoi dire. Ce n'était pas honnête de sa part et elle n'avait pas d'excuse. Elle avait conseillé un produit sans s'assurer de l'absence de risques. Et elle avait menti. D'autres youtubeurs avaient récupéré le scandale et le commentaient à demi-mot dans leurs vidéos respectives. Celles-ci ne citaient pas Jeanne mais prévenaient leurs abonnés contre les « hypocrites du Web » qui leur voulaient du mal. Elle aurait dû être plus avisée. Moins inconséquente, comme disait sa mère.

La musique *No Tears Left to Cry* d'Ariana Grande retentit. Son téléphone. Eugénie, sa grand-mère. Elle décrocha.

— Coucou mon chaton. Ça va ? Écoute, je suis dans le 11e. J'ai deux petites heures devant moi avant mon rendez-vous kiné du vendredi. On boit un café ?

— J'arrive, mamie Génie. Le bistrot habituel dans vingt minutes.

Voir sa grand-mère lui ferait du bien. Une grand-mère, c'est un havre de paix. Une île loin du monde mais près de soi. Ensemble, elles avaient une sorte de rituel. Elles se voyaient systématiquement avant ou après le rendez-vous de mamie Génie chez sa kinésithérapeute Elisa. Elle enfila un simple jean qu'elle compléta d'un haut noir et prit à la volée une paire de baskets. Elle ne se maquillerait pas. Elle ne se coifferait pas non plus. De toute façon elle serait jolie, elle le savait. Elle attrapa une casquette qu'elle vissa sur sa tête.

En dévalant les escaliers de son immeuble, elle se fit la réflexion que pour beaucoup le scandale autour des pilules avait uniquement servi de prétexte. Un prétexte pour l'humilier, pour l'insulter. Détruire. Pour preuve : les insultes prédominantes portaient sur son physique. Des dizaines d'articles Web, qu'elle remerciait avec ferveur dès lors qu'ils lui faisaient de la publicité, titraient : « *Arnaque, placement de produits dangereux, chirurgie et Photoshop : Jeanne Montet rattrapée par ses mensonges ?* »

Elle s'était fait refaire le nez, c'est vrai. Elle avait précisé que c'était pour des problèmes de santé. Elle avait menti. Elle s'était ensuite discrètement fait injecter de l'acide hyaluronique pour estomper ses cernes, remonter ses sourcils et effacer les deux traits qui descendaient du nez au coin des lèvres. Les lèvres justement… Sa mère avait piqué une crise en la voyant. Mamie Génie n'avait rien dit. C'était inutile, elle désapprouvait. Jeanne avait répondu à ce besoin impérieux de gommer ses complexes. Elle ne supportait plus d'être aussi imparfaite comparée aux autres. Elle avait toujours nié. Et voilà qu'on l'accusait d'être une fraude, une imposture. On se moquait de sa superficialité. Mais qu'est-ce qu'ils y connaissaient, eux ? Savaient-ils ce que c'était d'être exposée jour et nuit et de subir en permanence des remarques sur son physique ? Elle était mal dans sa peau et la rhinoplastie l'avait aidée, mais cette quête de bien-être ressemblait plus, désormais, à une course frénétique vers la perfection. Elle repensait aux fortunes qu'elle dépensait pour empêcher la cellulite de s'installer. Aux privations qu'elle s'imposait. À tous ces repas gâchés par la culpabilité, par l'évitement. Évidemment elle prônait le mouvement « body positive », mais il était hors de question pour elle de prendre un kilo !

Elle se comparait beaucoup aux autres femmes en essayant d'y trouver un réconfort, mais sans succès. Elle aurait adoré posséder la confiance nécessaire pour garder son nez tordu et en faire une force. Mais merde ! Elle n'avait pas réussi ! Jeanne se rendait compte à quel point elle entretenait une obsession de la beauté plastique féminine parfaite. On la valorisait pour cela. Et elle y cherchait une validation. Un droit d'être. Elle admirait les femmes qui se libéraient de ces préoccupations, et se détestait toujours un peu plus.

Elle retrouva sa grand-mère dans leur bistrot favori, un café dans la rue de Montreuil, près de Nation. Elle la serra fort contre elle en s'enivrant de l'odeur de chèvrefeuille qui lui rappelait les goûters du mercredi après-midi de son enfance, et attrapa son chapeau du jour. Il était entouré d'un nœud vert assorti à la ceinture avec laquelle

elle avait agrémenté sa combinaison noire. Quelle classe sa grand-mère ! Elles commandèrent deux cafés et se regardèrent en souriant. Elle adorait sa mamie. Elles parlèrent de tout et de rien pendant plus d'une heure. Sa grand-mère lui raconta l'une de ses gardes à vue lorsqu'elle avait trente-quatre ans. La police l'avait arrêtée au cours d'une manifestation contre la construction d'une centrale nucléaire dans l'Ain. Elle avait compris très tôt qui elle était et avait toujours fièrement revendiqué ses positions. Forte. Sûre. Différente de Jeanne. Eugénie marqua un silence. Elle lui prit la main et la baisa tendrement.

— Bon ma chérie, je ne vais pas y aller par quatre chemins. Tes parents m'ont raconté pour ce truc en ligne. Je suis allée sur Internet. Je ne comprends rien à Twitter mais je sais que c'est n'importe quoi. Débranche-moi cette idiotie de ton portable.

Jeanne resta silencieuse. Sa grand-mère ne pouvait pas comprendre. On ne pouvait pas éteindre Twitter. Avec ou sans elle la tempête continuerait de faire rage. Autant qu'elle soit là pour y assister. Comme pour la contredire et comme si elle avait lu dans ses pensées, sa grand-mère lui dit :

— Tu ne pourras pas empêcher qui que ce soit de parler. Tu n'auras jamais ce pouvoir.

Sa grand-mère lui expliqua qu'il y aurait toujours quelqu'un pour estimer que Jeanne n'était pas assez, qu'elle ne pourrait jamais connaître l'ensemble des choses qui se racontaient sur elle. Si elle savait. Sa grand-mère n'avait qu'une vague idée de tout ce qui se disait. Mais que mamie Génie lui rappelle de quoi le monde était fait lui retirait le peu d'espoir qu'il lui restait encore.

— C'est ainsi, ma chérie. Parfois ne pas y assister permet de se préserver.

— Ah merci mamie. C'est bien, maintenant je vais devenir fataliste.

D'habitude sa grand-mère réussissait à lui changer les idées. Comme lorsque toute petite elle se faisait sermonner par sa mère parce qu'elle n'avait pas été suffisamment sage à table devant les invités. Mamie Génie lui donnait alors un coup de pied discret sous la table et lui tirait la langue pour la faire sourire. À peine ses doux souvenirs remontés à la surface, sa grand-mère lui tapota le mollet du bout de sa chaussure, l'obligeant à lever les yeux vers elle :

— Ce que je veux te faire comprendre, c'est que tu ne dois pas chercher à contrôler les choses qui t'échappent.

Sa grand-mère lui caressait gentiment la main. L'avis des autres, leur haine, leur peur, tout cela ne se contrôlait pas. Selon elle, ceux qui pensaient autrement se berçaient d'amères illusions.

— Le monde tourne avec ou sans nous, ma chérie. Ton pouvoir réside uniquement dans tes propres réactions.

Jeanne resta silencieuse mais il en fallait plus pour décourager mamie Génie.

— Le plus important à te rappeler, c'est que tu n'as pas à accepter ou à subir les violences que l'on t'impose. Tu peux te défendre, tu as aussi le droit de continuer ta route et de partir de ce réseau en refusant d'assister à cette folie. C'est toi qui décides, au moins pour ça.

Jeanne se rongeait les ongles. Sa grand-mère avait raison. Elle prit son courage à deux mains et désinstalla Twitter de son téléphone. Elle coupa les notifications de tous ses réseaux et jeta son portable au fond de son sac.

— Merci mamie.

— De rien ma chérie.

— Allez viens, je t'accompagne jusqu'au cabinet.

Elle aimait se rendre là-bas. Plus pour croiser le beau Marc, le collaborateur d'Elisa, la kiné de sa grand-mère, que pour le plaisir de marcher, elle devait l'admettre.

— Oh non ne t'inquiète pas, mon cœur. Allons ensemble jusqu'en haut de la rue et ensuite vaque à tes occupations.

Elles avancèrent bras dessus bras dessous, évoquant les dernières frasques de madame Moulin, la voisine fantasque de mamie Génie qui, pourtant plus jeune qu'elle, avait perdu la raison depuis longtemps et restait persuadée que le monde entier la surveillait du coin de l'œil alors qu'elle se trouvait dans sa cuisine. Sa grand-mère s'arrêta brusquement pour fouiller dans son sac d'un geste frénétique. Jeanne entendit :

— HEY OUAIS LA VIEILLE ! Trop cool que tu sois là. Viens faire un bisou à Doggy.

Elle leva la tête et vit sa grand-mère se diriger vers une fille aux cheveux attachés en queue-de-cheval et méchés d'un horrible bleu, à la nuque rasée de près, et au visage paré de piercings. La jeune femme était vêtue d'un pantalon rouge à carreaux noirs, d'un haut microscopique plus tape-à-l'œil encore et de chaussures à la semelle si énorme qu'elle devait sans doute servir de casse-noix. Elle était assise contre la devanture d'un magasin, un chien à ses côtés. Sa grand-mère lui tendit un billet et parla avec elle quelques minutes. La jeune fille croisa le regard de Jeanne, la toisa et, d'une voix pleine de haine, lui dit :

— Qu'est-ce t'as, pétasse ? T'as jamais vu de clocharde avant ? Pourtant c'est pas ça qui manque ici.

— Non je… Je suis avec ma grand-mère. C'est elle.

— Oui, Lénita, calme-toi. C'est ma petite-fille. Je te présente Jeanne.

— Ah… Salut Jeanne. Pardon hein. C'est juste que les meufs comme toi qui me regardent de haut, je peux plus supporter. Le prends pas perso.

— Non non, t'inquiète. Je comprends.

— Vraiment ? Tu comprends…

La jeune fille partit dans un éclat de rire tonitruant et Doggy, son chien, se mit à aboyer comme pour participer. Lénita le calma d'une caresse sur la tête.

— Tu nous fais bien rire avec Doggy.

Jeanne sourit bêtement, ne trouvant rien d'intelligent à ajouter. Quelque chose lui tordait le ventre, à rester là, à regarder Lénita caresser son chien presque sereine.

Mamie Génie la sortit de sa réflexion en lui prenant la main :

— Lénita, nous devons te laisser pour que j'aille me faire martyriser les os. Prends soin de toi. Je reviens vite te voir.

— OK, passe le bonjour à Delattre. Ça fait deux trois jours que je ne l'ai pas vue. Mardi soir, je crois.

Elisa Delattre, la petite kinésithérapeute que sa grand-mère adorait tant, connaissait donc cette Lénita et cette dernière semblait l'apprécier. Jeanne aussi aimait bien Elisa. Lorsque sa grand-mère estimait quelqu'un, Jeanne ne pouvait se résoudre à avoir un avis contraire. Mamie Génie assura à Lénita qu'elle transmettrait le message. Après lui avoir dit au revoir, Jeanne suivit sa grand-mère, intriguée.

— Comment tu connais cette fille, mamie ?

— Elle est là depuis un an ou deux. Elle refuse de parler de ce qui lui est arrivé. Elle me dit : « Arrête de poser des questions. Dis-toi que je suis une droguée qui cherche juste à avoir assez de thunes pour la soirée. » Mais je ne pense pas qu'elle se drogue. Elle veut nous mettre mal à l'aise. C'est plus facile pour elle que d'être prise en pitié.

Jeanne se sentit décalée tout à coup. Ses propres problèmes paraissaient stupides et creux. Comme elle.

Elle accompagna sa grand-mère jusqu'au coin de la rue. Celle-ci lui prit gentiment le visage dans les mains et lui dit :

— Je vois bien que tu te tracasses.

Les larmes lui montèrent aux yeux.

— Oui. Je me demande… Je ne sais pas… Qui je suis ? Comment savoir où tout ça me mène ?

— Il me semble que la solution est à ta portée, mon cœur. Commence par répondre à cette question : qui es-tu lorsque tu cesses de te demander si tu es « assez » et que tu décides que tu te suffis telle que tu es déjà ? Et si tu veux savoir où tu vas, Jeanne, tu ne dois en aucun cas baisser la tête ou détourner le regard, même si cela semble plus confortable sur le moment. Agis. Change ce qui te perturbe.

Sa grand-mère partit tout à coup sans se retourner. Elle resta immobile quelques minutes, les yeux fixés sur la petite silhouette d'Eugénie qui pressait le pas pour ne pas être en retard. Puis, quand celle-ci disparut de son champ de vision, elle fit demi-tour pour rentrer chez elle, perdue dans ses pensées. Sa grand-mère visait juste, droit dans le cœur. Elle ne voulait plus être une créature sans but. Ni le monstre que certains cherchaient à faire d'elle ni la cible que d'autres tentaient de briser. Elle allait relever la tête et arrêter de croire qu'une nouvelle situation pourrait émerger de ses anciens comportements.

En revenant sur ses pas, elle repassa devant Lénita et Doggy. Elle hésita un instant et resta plantée là les bras ballants à regarder les cheveux bleutés de la jeune fille, ses traits encore plus jeunes que les siens parsemés d'anneaux, ses chaussures disproportionnées. Lénita la toisa en retour avec une moue interrogative :

— Il y a un malaise, la belle ?

— Non, je me demandais si tu avais besoin de quelque chose ?

— Ouais, d'un bête d'appart exposé plein sud et d'un boulot qui paye de quoi pouvoir vivre décemment. La bouffe pour commencer. Et puis d'une moto. Bon la moto ce serait plus un gros kiff qu'un vrai besoin. T'as ça pour moi ?

Lénita roulait tranquillement sa cigarette en regardant Jeanne avec un léger sourire en coin. Cette dernière eut un petit rire nerveux et répondit :

— J'ai dix euros si tu veux...

Lénita éclata d'un rire sonore et joyeux accompagné par les aboiements de Doggy qui s'en donnait à cœur joie. Elle contempla Jeanne quelques secondes et tendit la main pour attraper le billet de dix que Jeanne avait sorti de son sac.

— Merci ! Et hop t'as fait ta bonne action de la journée, ma belle.... Tu peux cocher la case : « J'ai donné à un SDF je peux dormir tranquillou. »

Jeanne hocha la tête. Avait-elle été trop arrogante ? Elle ne voulait pas que Lénita croie qu'elle faisait tout ça par culpabilité ou par égocentrisme. Lénita dut percevoir son malaise.

— Fais pas cette tête, j'te charrie. Je peux être un peu taquine ça me fait rire. Désolée pour tout à l'heure, je t'ai mal parlé, en fait t'es cool comme meuf.

— Ah oui tu trouves ?

Lénita haussa les épaules.

— Si tu ressembles un peu à ta vieille grand-mère, tu ne peux qu'être sympa.

— Toi aussi t'es sympa.

Lénita explosa de rire une fois encore.

— Tu nous fais vraiment bien marrer avec Doggy.

Jeanne rit à son tour. Elle ne savait pas quoi répondre, ni vraiment comment le prendre, mais elle appréciait la spontanéité un peu brute de Lénita.

— Bon, euh, je dois y aller mais on se reverra vite je pense… Avec ma grand-mère, je veux dire…

— Ouais, t'inquiète. À plus !

Elle rentra chez elle, revigorée, et un peu plus joyeuse qu'avant. Elle sut ce qu'elle voulait, en cet instant, partager avec sa communauté. Elle avait enfin mis le doigt sur ce qui la dérangeait. Aussi idiot que cela puisse paraître, elle réalisait qu'en plaçant l'apparence au centre de sa vie, elle avait oublié – ou peut-être ne l'avait-elle jamais appris – qu'il était possible d'avoir d'autres priorités. Elle était jolie sans être une belle personne. Elle avait négligé les autres et s'était négligée elle-même au passage. Mais elle changerait. Elle prit le temps d'écrire ce qui lui brûlait le cœur. Elle n'hésita qu'une seconde avant de le poster. Son message appartenait désormais à ceux qui le liraient.

« Ce message s'adresse à celles et ceux (moi y compris) qui ne savent plus vraiment ce qu'il reste à tirer de cette course frénétique à la validation. À ceux aussi qui tirent plaisir à déverser leur mépris sur les réseaux sociaux. Surtout à eux peut-être.

Vous me traitez d'hypocrite et vous avez raison. Et vous l'êtes sans doute également, tout comme notre société. Cette société qui scrute chaque femme, qui fait reposer leur valeur sur la beauté plastique, qui descend les femmes considérées comme laides, grosses, ou simplement moyennes, mais qui ensuite reproche à ces mêmes femmes, qui n'en peuvent plus des humiliations quotidiennes, d'avoir recours à des solutions telles que la chirurgie esthétique. Quel est le message ? Nais belle ou ferme ta gueule ? Si tu nais et que l'on te fait savoir que tu ne suffis pas, n'essaie pas de répondre aux critères que l'on t'impose. Subis les moqueries. Tu ne mérites que cela. Sois belle mais au naturel, sinon t'es fausse. Moins valable. Si tu es validée, belle aux yeux des autres, tu fais partie des femmes à qui on donne le droit d'exister. Sous contrat. Pour ta jeunesse. Ta fraîcheur. Sans trop de liberté. N'exagérons pas, tu serais dérangeante. Ta beauté ne t'appartient pas. Les autres, acceptez-vous quand même, sans bruit, avec humilité, au nom de dame nature. Au nom du courage. Ah oui ! Il faudrait en plus que les femmes soient courageuses. Exister en tant que femme, c'est exister avec des combats que nous n'avons pas choisis.

En vous écrivant ceci, j'ai enfin répondu à la question cruciale : Pourquoi la beauté physique a-t-elle pris une place si importante dans ma vie ? Et cette réponse je vous la dois.

Elle est simple : pour la légitimité. Plus je me suis conformée à ce qu'une femme « doit être », à ce qu'on lui impose, à ce à quoi elle doit ressembler, plus j'ai osé me montrer et m'exprimer. Je pensais que c'était une condition à mon existence. Pour résumer, je viens bêtement de prendre conscience que j'avais le droit de vivre même en étant déplaisante…

Que la chirurgie m'ait rendue plus confiante m'appartient et je n'ai pas à m'en excuser. Mais il est vrai qu'elle n'a pas tout réglé parce que je n'ai pas réparé le plus important : l'amour de moi.

En revanche, je n'aurais pas dû mentir. En me montrant consciemment sous mon meilleur jour à coups de photos retouchées, en dissimulant mes failles pour ensuite faire croire qu'elles n'existaient pas, j'ai renforcé, à mon échelle, les diktats impossibles pesant sur nos corps. Je vous présente mes excuses pour avoir fait l'apologie de tant de produits qui renforcent le mal-être. J'ai été conditionnée autant que j'ai conditionné. Beaucoup de marques avec lesquelles j'ai collaboré ne vous veulent aucun bien et jouent sur vos failles. Je suis désolée de ne pas avoir été vigilante, d'avoir fait primer le gain sur votre bien-être. Physique comme psychologique. Et je tire un trait sur cette phase de ma vie.

Je regrette de n'avoir vu en vous que des chiffres qui ne servaient qu'à pallier mes propres failles narcissiques et parfois, surtout, à gagner de l'argent en oubliant l'éthique.

Je quitte les réseaux sociaux afin de prendre le temps de répondre à cette question : qui suis-je lorsque je cesse de me demander si je suis « assez » et que je décide que je me suffis telle que je suis ?

Et si comme moi vous vous sentez mal en restant les spectateurs de vies qui vous échappent, essayez de vivre la vôtre d'abord. Vous êtes beaux de bien des façons qu'il vous appartient de découvrir.

Du fond du cœur je vous souhaite d'y parvenir.

Jeanne »

Jeanne ne le savait pas encore, mais son post allait être partagé des milliers de fois, commenté, débattu pendant des jours. Son nombre d'abonnés allait doubler et des centaines de nouvelles marques « éthiques » souhaiteraient travailler avec elle. Le système s'alimentait de lui-même, et quoi qu'elle fasse elle y participait. S'en détacher totalement, c'était disparaître.

Jeanne désinstalla toutes les applications de son portable pour se reposer. Elle avait fait un bond de géant aujourd'hui. Mais tant de choses restaient en suspens. Que voulait-elle faire maintenant ? Quelles envies, quelles passions, quels désirs l'habitaient ?

Son portable n'arrêtait pas de vibrer. Son agence, ses amis, certains de ses partenaires commerciaux essayaient désespérément de la joindre. Sa mère l'appelait pour la sixième fois de la journée mais elle ne décrocha pas. Il fallait qu'elle coupe les ponts avec sa famille quelques heures. Avec le monde entier en fait. Elle pensa longuement à Lénita. Qui aurait-elle été à sa place ? Elle qui avait la conviction que, quoi qu'il se passe, une main lui serait tendue. De quels espoirs Lénita était-elle faite ? Elle voulait méditer mais s'endormit, fait exceptionnel, sans se ronger les ongles cette fois.

Deux heures plus tard, un appel d'un numéro inconnu la tira du sommeil. Elle décrocha, intriguée. Du démarchage ? Si seulement. Elle remit ses chaussures à la hâte, commanda un Uber et courut l'attendre en bas de chez elle, le cœur au bord des lèvres, consciente qu'après cet appel tout avait basculé.

Les prix que l'on paye

Cela faisait deux ans qu'Eugénie Marteau venait pour une ou deux séances hebdomadaires. Tous les mardis comme aujourd'hui, et parfois le vendredi également. La patientèle d'Elisa étant moins développée que celle de Marc, son collaborateur et ami, c'était elle qui l'avait prise en charge. Elle ne le regrettait pas. Eugénie était une respiration d'air pur. De l'espoir. Avec elle, elle oubliait un peu. Eugénie lui manquerait.

Après avoir retiré son chapeau violet, la petite vieille s'allongea lentement sur la table. Elisa entreprit de lui faire plier et déplier les jambes et d'appuyer du plat du pied sur sa main. Elle lui étira les bras et le dos et s'attaqua ensuite aux hanches. Elle lui fit effectuer un ensemble d'exercices avant de débuter le massage de ses membres. La peau flasque et ridée de la vieille dame avait gardé une douceur agréable. Ses chevilles abîmées par les ans, gonflées d'œdèmes, avaient dû être très fines. Le bleuté des veines éclatées lui rappelait ses propres marques. Elle les lui massa avec légèreté comme pour atténuer sa propre douleur. Eugénie avait l'habitude de conserver les yeux clos pendant les séances mais, Elisa le savait, elle ne garderait pas longtemps la bouche fermée.

— Alors, comment va notre cher Marc ? Je regrette parfois quand je n'ai pas à attendre, j'aime le croiser dans votre *salle de patience*. Je fais de jolis rêves ensuite… J'ai déjà remarqué comment il vous regardait, une femme de mon âge voit ces choses-là, chanceuse !

Elle explosa de rire quand en ouvrant les yeux son regard se porta sur les joues devenues rouges d'Elisa.

— Quelle pudeur. J'ai connu des femmes de votre âge bien moins timides. Ne me dites pas que son charme vous laisse complètement indifférente ?

Elisa continua le massage, en réfléchissant à sa réponse. À une autre époque ces jacasseries sur le charme de son collaborateur l'auraient fait rire. Aujourd'hui elle ne pouvait plus supporter d'entendre parler de cela. Mais sa patiente, si prompte à la plaisanterie et habituée à recevoir en retour un rire d'Elisa, ne comprendrait pas qu'elle s'offusque pour si peu et commencerait à s'interroger. Il ne fallait pas qu'elle se questionne ou qu'elle croie qu'Elisa validait avec trop de vigueur ses propos. Prudence plus que pudeur. Elisa choisit une voie intermédiaire et sûre. Elle sourit à sa patiente :

— Je suis mariée, Eugénie, et j'avoue que je suis assez peu intéressée par les autres hommes. Je suis certaine que Marc ne me lance pas de regards particuliers. Mais il semblerait qu'il plaise beaucoup. Si vous souhaitez tenter votre chance, n'hésitez pas, il est célibataire depuis peu.

Marc célibataire. Son pire cauchemar. Elle s'était même surprise à le supplier de pardonner à Martika son infidélité et de se remettre avec. Une femme infidèle… Si Loïc en entendait parler... Forcément, la nouvelle du célibat de Marc avait alimenté de nombreuses conversations au sein de leur groupe d'amis communs, son mari compris, mais la raison de leur séparation était restée inconnue de Loïc. Il était jaloux de Marc. Mais pas ouvertement. Il fallait conserver une belle image auprès de leurs amis. Marc et lui n'étaient pas vraiment proches, ils avaient simplement évolué, durant des années et bien avant leur rencontre avec Elisa, dans les mêmes cercles amicaux. Ils se voyaient pour boire une bière, pour un week-end entre mecs, pour des soirées arrosées. Assez intimes pour dire que l'on s'apprécie, trop peu pour affirmer se connaître vraiment.

Marc… Il était le rêve d'une autre époque. Désormais, elle n'osait plus y penser. Ils étaient amis, de vrais, de beaux amis, et rien que cela revêtait une forme d'interdit. Et puis il était trop tard. Ou trop tôt. Dans quelques années peut-être. Quand tout se serait apaisé. Quand son cœur lui appartiendrait de nouveau.

Elisa fut tirée de ses pensées par les rires d'Eugénie Marteau.

— Petite maligne que vous êtes ! À l'âge que j'ai… Il ne me considérerait même pas comme une femme… Pourtant je peux vous assurer qu'à quatre-vingt-quatre ans des besoins se font encore sentir. Oh ne faites pas cette tête ! Comme j'aimerais avoir votre corps, jeune et palpitant de vie. J'irais avec tous les hommes que je veux et qui veulent de moi en retour sans me poser de question. Ah ce cher Marc ! Maintenant que j'y pense, ma petite-fille Jeanne le trouve charmant elle aussi, vous savez, la benjamine de la famille… Vingt-deux ans… Ai-je un jour été si jeune ? Et puis cessez vos idioties, bien sûr qu'il vous regarde différemment. À chaque fois on dirait qu'il a mangé un soleil.

Elisa fit mine de ne rien entendre et repensa à Jeanne, la petite-fille d'Eugénie. Elle la croisait quelquefois à la fin d'une séance, lorsqu'elle venait chercher sa grand-mère et s'arrêtait pour la saluer poliment. Époustouflante de fraîcheur, de jeunesse et de beauté. Des cheveux longs et brillants, un visage aux traits fins et un corps plébiscité par l'ensemble des médias vecteurs de stéréotypes qui avaient éradiqué au fil des années le peu de confiance qu'Elisa avait en elle. Jeanne était influenceuse. Instagram et YouTube représentaient un commerce florissant et elle était grassement rémunérée pour chacun de ses partenariats. Elisa avait passé des heures à regarder ses photographies après avoir appris que Jeanne comptabilisait plus d'un million d'abonnés sur les réseaux sociaux. Elle en était ressortie lessivée et plus complexée que jamais. Ce jour-là elle ne s'était pas regardée dans la glace en se lavant les dents. Elle avait également observé Lucie avec circonspection et s'était dit que sa fille ne serait sans doute pas aussi sublime malgré son charme, sa joie, sa vigueur et son adorable minois. Elle s'en était voulu immédiatement et se serait giflée si elle avait pu le supporter. Elle s'était juré d'élever sa fille dans l'amour de soi sans la comparer à qui que ce soit. Un vœu pieux sans doute. Les parents arrivent-ils vraiment à s'écarter de toute comparaison ? Ne rêvent-ils pas secrètement d'avoir l'enfant le plus intelligent, beau, gentil et celui qui brille le plus afin de se rassurer et prétendre avoir mieux réussi dans un domaine que les autres ? Elisa devenait cynique et mauvaise. L'angoisse l'avait rendue ainsi. Loïc, lui, se vantait beaucoup de Lucie à ses collègues et à ses amis. Pourtant, dans la froideur de leur foyer, il était avec sa fille tantôt cajolant et adorable, tantôt méchant et indifférent. Quand il s'agissait de saborder Elisa, de la blesser le plus possible, de lui montrer qu'elle était une mauvaise mère, il devenait le père le plus attentionné du monde, allant jusqu'à poser un congé en pleine semaine pour emmener sa fille dans un parc d'attractions. C'est ce qu'il avait fait le lendemain d'une soirée terrible. Elle avait au moins pu soigner ses plaies loin de son enfant. Pourquoi n'avait-elle pas gardé pour elle ce qu'elle pensait de ce que faisait la mère de Loïc lorsque ses enfants refusaient de dormir ? Qu'importe que sa belle-mère ait pu enfermer ses propres enfants à double tour dans leur chambre, dans le noir, qu'ils aient faim, froid ou peur, pour leur apprendre la discipline ? Elisa n'aurait pas dû donner son avis. Lucie pouvait bien se relever et boire des verres d'eau si elle désirait tester les limites de ses parents. Mais les limites de Loïc étaient fines, Elisa le savait. Pourtant, quand il avait commencé à la critiquer sur la négligence dont elle faisait preuve à l'égard de sa fille, les mots étaient sortis tout seuls. Pourquoi avoir désapprouvé sa mère ? Elle l'avait immédiatement regretté et les minutes qui suivirent plus encore. Son corps avait une mémoire plus intuitive que son esprit. Certains souvenirs la blessaient avec une violence identique. La douleur physique se rappelait à elle. Si elle n'avait pas eu les mains prises, elle se serait massé les côtes. La douleur d'imaginer ce que dirait Martine, sa propre mère, si elle savait, lui fit plus mal encore.

— Ohhh je m'endors, parlez-moi que je garde les yeux ouverts, jeune fille !

Elisa était si profondément égarée dans ses pensées qu'elle avait oublié Eugénie. Elle massait de façon mécanique et avait perdu le fil de la réalité pendant quelques secondes, ou était-ce quelques heures ? Elle regarda la pendule. La séance s'achevait.

— Voilà pour aujourd'hui, Eugénie. Vous allez sans doute être relativement fatiguée les prochaines heures alors pas de folies, s'il vous plaît. Nous nous revoyons dans trois jours ? Vendredi ? 11 heures ?

Elle attendit en silence que sa patiente se rhabille, l'embrasse sur le front et sorte. Elisa n'y tint plus et avant qu'Eugénie ne disparaisse, peut-être à jamais, elle lança :

— Faites attention à vous, Eugénie.

Celle-ci se retourna doucement et fronça les sourcils de manière fugace.

— Comme toujours, ma belle.

La vieille dame la regardait fixement. Elle attendait, presque interrogative. Elisa s'en voulut immédiatement de s'être laissée aller à l'émotion. Eugénie, à l'esprit fin, avait dû percevoir le trouble dans la voix d'Elisa. Elle se rattrapa maladroitement aux branches.

— Il faut que vous vous ménagiez plus. Votre hanche ne manquera pas de vous rappeler à l'ordre sinon !

— Je ferai attention, promis.

Puis Eugénie se retourna et quitta la pièce de son pas déterminé. Elisa finit par s'effondrer dans un fauteuil en soupirant. Elle avait vécu ces moments avec la vieille dame comme l'on pourrait vivre la vie de quelqu'un d'autre. Avec envie. Vendredi, Eugénie serait à l'heure. Elle trouverait porte close. Du moins en partie. Elisa ne serait pas là. Elle partait demain. Mercredi. Marc n'aurait sans doute pas eu le temps de prévenir l'ensemble des patients. Il arriverait jeudi matin, frais comme un retour de vacances. Peut-être comprendrait-il que quelque chose clochait quand il ne sentirait pas l'odeur habituelle de café qu'elle faisait couler chaque matin. Il lirait la lettre qu'elle lui avait laissée. S'il n'avait pas le temps d'annuler le rendez-vous, Eugénie comprendrait. Elle serait à l'heure pour entendre ce que Marc aurait à lui raconter. Pourvu que ce ne soit pas la vérité.

Eugénie

Eugénie augmenta le chauffage chez elle bien que la température extérieure soit tout à fait clémente et douce. Ses vieux os la faisaient souffrir. Malgré la force de son esprit qui restait vif, ardent et curieux, son corps lui faisait défaut. Il l'abandonnait avant la vie elle-même. Était-ce cela mourir ? Sentir s'échapper de soi les capacités essentielles à la vie jusqu'à ce que plus aucune ne subsiste ? Son arthrose avait débuté il y a quelques années. Elle était habituée à ses rendez-vous réguliers chez la kinésithérapeute et y trouvait un certain réconfort.

Elisa était un ange dont la petite fille était une fée. Lucie. Un être rieur venu de nulle part qui enchante quiconque croise son chemin. Eugénie adorait les enfants. Quand ses petits-enfants n'étaient qu'un tas de marmailles en développement, elle possédait encore un cœur vaillant. Elle avait écumé avec eux les fêtes foraines, les magasins, les cinémas, les plages de Bretagne et celles de Normandie, les musées de Paris. Elle leur organisait des fêtes d'anniversaire féeriques et des Noëls somptueux. Mais depuis quelque temps, son cœur n'était plus à la fête. Le médecin l'avait mise en garde. Elle devait passer une batterie d'examens supplémentaires. Elle irait chez le cardiologue lundi prochain. Elle savait déjà ce que ce monsieur qu'elle ne connaissait pourtant pas lui dirait. Il fallait qu'elle s'estompe. Elle devrait abandonner ses voyages solitaires jusqu'à Deauville. La voiture lui serait déconseillée. Elle devrait tirer un trait sur son verre de vin quotidien. Et sur son cigare de fin de journée. Elle devrait sans doute arrêter de mettre du sucre dans son café ou plus franchement supprimer le café. Elle n'aurait plus la possibilité de grignoter un beignet au chocolat dégoulinant de gras comme elle le faisait chaque matin depuis vingt ans. La pièce aux petits bonheurs d'une vie simple lui fermerait ses portes. Certains pensent qu'avoir vieilli c'est avoir été assez fort pour avoir survécu. Passé un certain âge pourtant, vieillir c'est avant tout renoncer. Et pour cela il fallait avoir le cœur bien accroché. Sans mauvais jeux de mots. Pour vieillir, il fallait savoir résister aux affres amères de la frustration.

— C'est idiot, ma grande. Arrête de te plaindre.

Elle se parlait à elle-même en soupirant, en se répétant souvent que tout ceci était idiot. La vie était idiote.

À la mort de son mari, elle avait voulu renoncer pour de bon. Même le souffle lui avait manqué quand il l'avait quittée. Ils n'étaient que de jeunes vieux. Soixante-quatorze ans, c'était la trentaine de la vieillesse. Mais il était parti et Eugénie avait continué sans lui. Elle espérait voir ses cinq petits-enfants grandir. Elle voulait qu'ils soient fiers de leur vieille mamie ridée qui avait tant à leur transmettre. Elle ne voulait pas leur éviter de commettre des erreurs qui seraient autant de nourriture pour l'âme. Et de l'âme il en fallait. Ils le sauraient bien assez tôt. C'est pour cela qu'elle n'avait pas voulu donner son avis sur la volonté de sa plus jeune, Jeanne, de délaisser ses études après le baccalauréat pour devenir youtubeuse. En fait, les choses s'étaient faites simultanément. Un jour Jeanne était lycéenne, le lendemain influenceuse beauté. Enfin, sans doute que la situation avait évolué plus progressivement qu'elle ne voulait le penser. Mais le progressif à l'échelle de tous ces réseaux sociaux ne ressemblait en rien à celui de la vie quotidienne. Jeanne était célèbre. On célébrait avant tout sa beauté. Bien avant son âme. C'était ce qu'Eugénie déplorait le plus. Que devenait la noblesse du cœur ou la grâce des actes qui comptent ? Où était passé le sel ? Le charme d'un mot, d'une pensée, d'un esprit que l'on admire, que l'on révère ? Était-elle une vieille dame réactionnaire ? Vieille elle l'était. Elle n'était plus qu'une peau fripée qui s'affaissait, enveloppe fragile d'un édifice fatigué. Mais il fallait qu'elle célèbre le temps qu'il lui restait. Tout devenait précieux. Chaque moment pourrait avoir un goût d'adieu. Et les adieux c'était quelque chose de sérieux. Les regrets l'avaient quittée. Les regrets servaient ceux qui avaient le temps. Elle n'en avait plus.

On était déjà vendredi. Elle avait rendez-vous pour une séance avec Elisa. Depuis mardi, Eugénie n'avait cessé de penser à elle. Eugénie n'était qu'une patiente parmi d'autres mais elle ne pouvait s'empêcher de se sentir proche d'elle. Elisa était une douceur rare dans une vie qui se fanait. Pourtant, mardi dernier, cette douceur était éteinte. Aujourd'hui, Eugénie ne ferait pas la même erreur. Elle ne tournerait pas les talons, envahie par ses doutes. Elle s'installerait et prendrait le temps qu'il faut pour comprendre. Si son métier d'institutrice lui avait appris quelques vérités, c'est que la patience est une alliée.

Elle alluma la radio et l'écouta quelques minutes en sirotant un café serré avant de l'éteindre. Elle ne regardait plus la télévision depuis longtemps. Le journal la déprimait. À bien y réfléchir, elle détestait prendre des nouvelles du monde. Lâcheté collective et sagesse personnelle. La paix de son esprit et l'enfer sanglant, anxiogène, maladif des informations ne pouvaient plus s'accorder. Depuis quand n'avait-elle pas ramassé son courrier ? Cela aussi elle le délaissait. Elle avait débranché son téléphone fixe. Seuls ceux qui avaient son numéro de portable étaient en mesure de la joindre. Elle voulait se sentir libre. Libre, elle l'était désormais en tant que femme. Les contraintes liées à la beauté s'étaient évaporées. Elle ne serait plus jamais belle aux yeux du monde. Étrangement, la vieillesse l'avait apaisée. Elle avait accordé une grande importance à son apparence. Jusqu'au jour où la vérité l'avait frappée. Combien d'heures, combien de pleurs, combien de mutilations ? Pour un combat que l'on a déjà perdu d'avance. Les femmes s'affranchissaient de beaucoup d'entraves mais ces chaînes-là les maintenaient toujours plus étroitement. La beauté était discriminante. L'absence de beauté l'était encore plus.

À une époque elle avait été une femme orgueilleuse. On célébrait ses attraits. Sa jeunesse. Mais la jeunesse était passée sans s'arrêter, aussi vite qu'un train lancé à vive allure, et la beauté l'avait suivi. Les vestiges de son charme n'avaient d'égal que les ruines de son orgueil. Il avait fallu qu'elle surpasse cet effondrement au goût de deuil. Elle était libre. Maintenant elle s'habillait pour se plaire. Du moins c'est ce qu'elle se racontait, comme une rengaine entêtante que l'on se chante sans vraiment en avoir conscience.

Elle avait en adoration les chapeaux. Sa mère lui en avait donné le goût. Elle se regardait. Elle voyait Jeanne. Elle voyait sa mère. Cela lui réchauffait le cœur. Elle adorait changer de couleur, passer du rose au violet et du violet au vert. Elle se maquillait parfois. Mais moins qu'avant. Elle s'en était émancipée. Chez Jeanne, elle surprenait les manières affectées, les heures perdues à concentrer son esprit, son temps, à la nécessité de plaire sans être vraiment vue. Elle ne pouvait pas le lui dire de cette façon. C'était une leçon qu'il lui faudrait apprendre seule. Eugénie n'avait eu que des fils. Trois gentils garçons. Elle avait au moins réussi cela. Ses fils n'étaient pas devenus de médiocres et prétentieux hommes, suffisants et inconséquents. Louis, le père de Jeanne, était un peu mollasson, un passif sur qui glissent les événements. Il était tendre cependant et très attentionné. Paul était un homme intelligent. Assez rigide aussi. Il avait élevé ses deux filles d'une main de fer. Gabriel était drôle. Il était le plus sociable, très apprécié de ses semblables. C'était un rêveur. Il habitait en Allemagne et Eugénie ne le voyait pas autant que ce que son cœur de mère désirait. Elle ne connaissait que trop peu son petit-fils Ernest. Mais elle ne s'abreuvait pas à la source des regrets.

Il était heureux et c'était l'unique information dont elle avait besoin. Jeanne par contre…

Eugénie consulta sa montre. Son rendez-vous n'était que dans quelques heures. Elle devait y être à 11 heures. Il était important qu'elle soit à l'heure pour ne pas perdre une minute avec Elisa. Elle accordait beaucoup d'importance à la ponctualité. C'était une politesse nécessaire qu'elle avait transformée en coquetterie. Elle n'avait jamais une minute de retard. Elle aurait le temps pour un café avec sa Jeannette. Elle ouvrit son armoire à chapeaux et les regarda tous religieusement. C'était un rituel. Elle voulait sentir une connexion particulière avec le chapeau qu'elle porterait toute la journée. Chaque jour pourrait être celui du dernier chapeau et elle ne prenait pas cette pensée à la légère. Elle se décida pour un chapeau de paille en forme de cloche, celui avec le nœud vert. Il s'accorderait parfaitement avec la ceinture qui lui marquait la taille. Elle claqua la porte derrière elle. Elle ne prenait que rarement la peine de fermer à clé, la porte ne s'ouvrait pas de l'extérieur. Elle n'était pas une femme anxieuse.

Elle marcha longuement. Plus de trente minutes. Autant dire une randonnée pour une femme de son âge. Mais elle ne se sentait pas fatiguée. Arrivée dans le 11e elle appela Jeanne et lui proposa un café. Sa petite-fille eut l'air enjouée au téléphone, mais Eugénie entendait le froissement des peines dans la moindre inflexion de la voix de sa Jeanne. Elle était malheureuse. Elles se retrouvèrent dans un café qu'elles avaient coutume de fréquenter. Jeanne avait délaissé les apparats habituels. C'était plutôt bon signe. Eugénie ne lui parlerait pas immédiatement. Elle attendrait le bon moment. Elles devisèrent tranquillement en évitant soigneusement, dans un premier temps, d'aborder le sujet. Puis le moment survint. Eugénie le sentit au silence qui venait de s'installer entre elles.

— Bon ma chérie, je ne vais pas y aller par quatre chemins.

Eugénie savait qu'elle devait être ferme. Montrer à Jeanne qu'elle comprenait ce qui lui arrivait mais qu'il existait des solutions. Elle lui intima de supprimer Twitter de son portable. Jeanne avait baissé les yeux et gardait la bouche désespérément close. Eugénie comprit qu'elle était déchirée. Ne plus voir, c'était renoncer à une impression de contrôle sur les événements. Eugénie prit alors le temps de lui expliquer, non pas comme une leçon mais comme une clé de compréhension, ce qu'elle-même avait compris tard. Chacun n'est que la somme d'événements inattendus sur lesquels il ne possède qu'un empire : sa réponse à ce qui le heurte. Jeanne ne semblait pas comprendre. Eugénie insista.

— Le plus important à te rappeler, c'est que tu n'as pas à accepter ou à subir les violences que l'on t'impose. Tu peux te défendre, tu as aussi le droit de continuer ta route et de partir de ce réseau en refusant d'assister à cette folie. C'est toi qui décides, au moins pour ça.

Jeanne sourit de son vrai sourire, pas un simulacre du sourire qu'elle lui avait servi jusque-là. C'était une belle victoire. Eugénie sut qu'elle avait visé juste. Elle devait se rappeler de se fier à ses intuitions qui ne la trompaient que rarement. Elle regarda sa petite-fille prendre son portable et trifouiller Dieu sait quoi dessus à une vitesse défiant toute imagination. En reposant son portable, elle fixa sa grand-mère et la remercia en souriant. Eugénie paya le serveur qui jeta un regard en coin à Jeanne et, glissant son bras sous celui de sa petite-fille, elle se dirigea vers le cabinet de kinésithérapie. En marchant, Eugénie était tout de même préoccupée. Cette histoire de harcèlement en ligne ne devait pas être négligée. Les parents de Jeanne étaient très inquiets et son père ne savait pas comment communiquer avec son enfant. Il oscillait entre la colère et la tristesse. La mère de Jeanne prenait sur elle. Ils s'étaient hurlés dessus au téléphone tout à l'heure. Louis pensait qu'il fallait laisser les choses se tasser tandis qu'Aline souhaitait que Jeanne aille consulter un psychologue. Elle voulait attaquer en justice le plus de gens possible. Elle voulait que Twitter modère les publications. Somme toute, elle agissait comme une mère prête à l'impossible pour protéger ses enfants.

Sur le chemin elles croisèrent Lénita, une jeune fille sans domicile fixe qu'elle avait rencontrée quelques mois plus tôt. Eugénie s'arrêta pour parler un peu avec elle et en profita pour lui présenter Jeanne. Elle regardait les deux jeunes filles discuter sans écouter leur échange, l'esprit ailleurs. Avant aujourd'hui, Jeanne n'avait jamais connu d'expérience difficile. Sa vie, elle l'avait vécue choyée, aimée, protégée. Le tableau qu'Eugénie avait en face d'elle l'attristait plus qu'elle ne saurait le dire. Entre une Jeanne et une Lénita, un monde s'était dressé. Un monde dans lequel l'une avait eu toutes les chances de son côté et l'autre non. Un monde, oui. Jeanne était l'unique privilégiée de ce tableau car c'était pour elle que s'activaient les inquiétudes et les peurs des gens qui l'aimaient. Un être comme Lénita était seul. Et un être seul dans un monde comme celui-ci était une tragédie. Elles quittèrent Lénita pendant qu'Eugénie réfléchissait à ce qu'elle pourrait faire pour aider à la fois sa petite-fille et Lénita. Que faisait-on pour une jeune femme qui vivait dehors ? L'accueillir chez soi ? Il fallait qu'elle y réfléchisse très sérieusement. Elle ne pouvait pas définitivement fermer les yeux. Jeanne la tira de sa torpeur en s'étonnant que sa grand-mère connaisse Lénita. Cette curiosité rassura Eugénie. Jeanne ne restait pas indifférente à la souffrance qui l'entourait. Quelque chose en Lénita l'avait interpellée. Elle dit à sa petite-fille ce qu'elle savait et se surprit à en connaître si peu. Elle n'émettait que des hypothèses. La culpabilité l'envahit. Eugénie ne semblait pas être la seule à se tracasser, Jeanne plongée dans ses pensées affichait un air sombre. Elle lui prit le visage dans les mains, cherchant à savoir ce qui n'allait pas. Des larmes perlèrent au coin de ses yeux. Eugénie sentait qu'elle cherchait à les éloigner. Jeanne répondit d'une voix plus assurée qu'elle ne semblait l'être elle-même.

— Oui. Je me demande… Je ne sais pas… Qui je suis ? Comment savoir où cela me mène ?

— Il me semble que la solution est à ta portée, mon cœur. Commence par répondre à cette question : qui es-tu lorsque tu cesses de te demander si tu es « assez » et que tu décides que tu suffis telle que tu es déjà ? Et si tu veux savoir où tu vas, Jeanne, tu ne dois en aucun cas baisser la tête ou détourner le regard, même si cela semble plus confortable sur le moment. Agis. Change ce qui te perturbe.

Eugénie lui tourna le dos et partit. Elle avait bien fait de laisser Jeanne à elle-même. Elle se dirigea de son pas pressé vers le cabinet de kiné. Elle allait passer un moment de tendre complicité.

Elle adorait sa kiné. Un rayon de soleil. Un peu éteint ces derniers temps. Décidément, la séance de mardi avait laissé à Eugénie un goût d'inachevé. Elisa manquait de son entrain habituel et Eugénie n'avait pas réussi à la dérider. Elle avait comme une impression de ne pas avoir été à la hauteur. Mais la joie comme l'amour se multipliaient à l'infini sans jamais se diviser. Elle saurait en avoir pour deux le temps qu'il faudrait. En arrivant en bas, elle composa le code sur ce digicode installé récemment. Modernité permanente. L'ascenseur était au cinquième. Si elle l'attendait, elle serait en retard d'une ou deux minutes. Il n'était pas question de déroger à sa rigueur habituelle. Elle décida de monter les deux étages à pied le plus vite possible. C'était idiot après tout. Pour une minute de retard. Elle posa le pied sur la dernière marche, son cœur battant la chamade. Elle aurait peut-être dû prendre l'ascenseur finalement. Elle soufflait plus fort que de raison. Elle s'appuya contre la rambarde avant de sonner mécaniquement. Sur la porte : un long mot. Le cabinet était fermé. La vue d'Eugénie se brouilla et son souffle se fit de plus en plus pesant. Elle réussit tout de même à lire ce stupide bout de papier accroché à la porte. C'était impossible. Ses yeux lui mentaient. Elle voyait double.

— C'est parfaitement idiot, murmura-t-elle comme pour se persuader que tout allait bien.

Eugénie

Le souffle lui manquait. Un vertige et une nausée plus tard, ses jambes ne la tenaient plus. Elle s'écroula par terre. Il faisait froid mais elle ne sentait plus ses os. Son chapeau quitta sa tête. Elle essaya de l'attraper, sans succès. Sa poitrine la faisait souffrir. Elle n'arrivait pas à respirer. Elle pensa à Jeanne. Peut-être avait-elle compris maintenant. Elle pensa à sa mère. À ce qu'elle était grâce à elle et à ce qui s'envolait pour toujours.

Le parallèle

Il lui restait deux heures et demie pour faire ses courses, libérer Ani, la nounou, cuisiner un repas, s'occuper du dîner de Lucie et la coucher avant le retour de Loïc qui rentrait souvent tard. Marc lui manquait aujourd'hui. Elle aurait voulu le voir sourire juste une minute, photographier ce moment dans son esprit puis partir. Mais Marc profitait de la Charente et de ses parents. C'était d'ailleurs pour cela qu'elle avait choisi ce moment pour agir. S'il avait su quoi que ce soit avant qu'elle puisse s'enfuir, il aurait voulu l'aider. La venger peut-être. Elle n'aspirait qu'à la paix. Elle voulait dormir. Mais le repos attendrait.

Elisa listait l'ensemble des produits dont elle aurait besoin pour sa quiche de ce soir tout en fermant la porte de son cabinet quand elle reçut un message WhatsApp de son groupe de copines. Un verre était organisé au *Lustre doré,* un nouveau bar branché. Elles y seraient toutes ou presque, toutes celles qui habitaient à Paris du moins. Elles laisseraient maris, femmes, enfants et travail pour quelques heures qui tromperaient le temps. Les larmes lui montaient aux yeux. Ses amies lui manquaient terriblement. Elle avait besoin de les voir, de leur parler. Mais que pourrait-elle leur dire ? Elle n'était jamais là. Elle n'en avait pas vu certaines depuis combien de temps déjà ? Trois mois ? Quatre peut-être. Il y avait plus d'un an qu'elle espaçait les rencontres. Davantage encore depuis que sa décision était prise. La femme que ses amies connaissaient n'existait plus. Elle s'était dérobée dans un coin pour s'effacer dans l'indifférence générale. Elisa pleurait en s'excusant auprès de ses amies. Elle pleurait tout ce qu'elle ne pouvait leur raconter. Tout ce qu'elle conservait pour elle seule et qu'elle aurait tant voulu partager. Elle s'y refusait pourtant. Une fois de plus. Marie répondit la première en insistant. Elle ajouta à sa demande une photo de ses jumeaux souriants face à la quantité de purée qu'ils avaient étalée partout sur la table et dans laquelle elle avait écrit « *HELP* ». Sophie prit le relais en la suppliant d'annuler ses plans et de venir. Nola, elle, se contenta de lui souhaiter une belle soirée. Ce ne fut pas une surprise. Cette constance fut presque un soulagement. Une forme de réconfort. Nola n'aimait pas Elisa et avait le plus grand mal à s'en cacher. Plus jeunes, à une époque lointaine où leur groupe d'amis s'était constitué, réunissant plusieurs bandes fréquentant les mêmes bars, elles avaient toutes deux convoité Loïc. Mais c'était Elisa qu'il avait effleurée du regard. Elle, l'ordinaire, un peu moins jolie que ses copines, à qui les hommes n'accordaient de l'attention qu'une fois qu'ils étaient certains de n'avoir aucune chance avec Gabrielle. Nola, l'âme des soirées, ne comprenait pas qu'un homme ose lui préférer Elisa. À l'époque, même si elle détestait l'admettre, Elisa avait éprouvé une forme de satisfaction à voir l'orgueil de Nola s'effriter. Si seulement les choses avaient été différentes… Elisa serait sans doute en route pour boire un verre ce soir, avec ses amies, en jupe courte, juste pour le plaisir de l'ivresse et de la compagnie de femmes qu'elle aimait. Et c'est elle qui souhaiterait à Nola une bonne soirée. Son portable se remit à sonner. Gabrielle. Son amie de la faculté. Sa meilleure amie.

« Coucou Timou, ça va ? Pour ce soir, je peux dire non et venir te voir si tu veux ? »

Gabrielle sentait lorsqu'elle mentait. C'est pour cela que depuis quelque temps Elisa exagérait la joie et la félicité en la voyant. Elle évitait également que son amie croise Loïc. Il la détestait. La traitait de salope juste bonne à se faire baiser simplement parce que Gabrielle, lumineuse, si vraie, si drôle et tellement plus belle qu'elle, vivait libre et jouissait de sa sexualité sans complexes. Son amie ne portait pas son mari dans son cœur non plus. Elle ne le lui avait jamais dit, cela aurait été inutile. Mais Elisa l'avait compris aux regards que Gabrielle lui lançait, aux sourires qu'elle lui refusait, aux flirts qu'il avait essayé de mettre en place et qu'elle avait balayés avec dédain. Habitué à fasciner les foules et notamment les femmes, Loïc ne pardonnait pas à Gabrielle son mépris. Elisa remerciait intérieurement son amie de ne pas publiquement et ouvertement désapprouver Loïc. Sinon elles auraient dû couper les ponts et Elisa ne s'en serait pas relevée. Ce que Gabrielle savait, il aurait été difficile de le déterminer. Elle se doutait de certaines choses mais l'ampleur de la situation lui avait échappé. En ce moment pourtant, elle insistait presque tous les jours pour la voir seule, et s'invitait à dîner, notamment lorsqu'elle savait que Loïc rentrerait tard. Elisa répondit en soupirant, une larme mourante au coin des lèvres bientôt rejointe par un torrent qui lui ruisselait sur les joues :

« Coucou Titou, oui ça va. Éreintée par la journée. Ce soir c'est soirée en amoureux (une fois Lulu au dodo). Embrasse les filles pour moi. Je pense bien à vous. On se voit vendredi prochain ? Tu viens dîner ? Je préparerai des aubergines farcies. Je sais que tu adores. Comment ça va toi ? »

Elisa referma son portable et se reprit. Courses. Lucie. Rester concentrée. Demain tout irait mieux. Plus qu'une journée. Gabrielle comprendrait quand elle recevrait la lettre.

Nola

Mardi. 10 heures. ET MERDE ! Elle avait loupé son réveil. Sa boss ne serait pas compatissante cette fois-ci. Elle regarda son portable, aucun message. Salaud. Hier il était pourtant bien content de la sauter. Ils avaient un peu trop bu. Comme d'habitude. Elle aurait peut-être dû s'abstenir de prendre autant de coke. Comme d'habitude. Un lundi soir nom d'un chien Nola ! T'es qu'une ratée. Mais Loïc lui faisait perdre la raison. Depuis tellement longtemps. Elle l'aimait. Plus que tout. Elle fila sous la douche en tâchant de faire au plus vite. Et puis foutu pour foutu !

Elle se regarda dans la glace. Ce n'était pas aussi fou que Gabrielle. Gabrielle la bombe qui fait tourner toutes les têtes. Mais franchement, c'était carrément mieux qu'Elisa, non ? Nola avait besoin qu'on la trouve belle. Elle en crevait presque. Elle voulait être aimée, validée, désirée, qu'on la touche, qu'on la caresse pour exister. Mais celui qu'elle désirait par-dessus tout, c'était lui, bien qu'il soit avec l'autre. Qu'est-ce qu'elle a de plus que moi ? Rien pourtant. Je suis plus jolie. Loïc le lui répétait sans cesse. Je baise mieux d'après lui. Beaucoup mieux ! Avec elle il ne bande pas. Il ne l'aime plus. Elle insiste pour baiser mais lui n'est pas chaud. Elle ne lui plaît plus. Alors pourquoi il reste ? Pour leur fille évidemment. La pauvre gamine ! Loïc faisait comme il pouvait, mais Nola savait qu'il était complètement sous l'eau au travail et que sa femme à la maison devenait jalouse, possessive et manipulatrice. Elle le traitait mal. Il le lui racontait avec calme, épanchait ses peines dans ses bras qu'elle gardait grand ouverts pour lui. Quand Elisa avait annoncé à tous qu'elle était avec celui que Nola aimait secrètement, elle avait frôlé l'apoplexie. Comment cela avait-il pu arriver ? C'était avec elle qu'il aurait dû être. Ils s'étaient rencontrés il y a une dizaine d'années. Une bande d'étudiants frais, joyeux, au cœur plein d'espoir dans leur avenir brillant. La première fois qu'elle avait vu Loïc, elle discutait avec Agnès, Gabrielle et Elisa autour d'un bout de table dans un bar surchauffé par la chaleur des corps ivres. Il les regardait avec insistance assis près du beau Marc. Des amis communs les avaient alors tous présentés. Nola ne l'avait pas tout de suite remarqué. À cette époque, elle ne faisait pas attention à qui elle pourrait plaire. Puis un soir, il s'était rapproché d'elle. Elle avait ri à ses blagues idiotes. Il l'avait complimentée sur son esprit. C'est ce soir-là qu'il lui avait plu pour la première fois. Ils étaient tous les deux les personnalités incontournables des soirées. Des fêtards que l'on ne pouvait pas arrêter. Elisa, elle, restait discrète et riante mais était surtout banale. Nola n'avait jamais vraiment aimé Elisa et son air impénétrable que d'aucuns qualifiaient de charmant. Oh bien sûr Nola faisait semblant. Il fallait sauver les apparences si elle voulait rester amie avec les autres. Parce que la chère Elisa, c'était la petite favorite de Gabrielle. Sa Timou. Quel surnom ridicule ! Et puis elle était devenue, en plus, la meilleure amie du beau et mystérieux Marc. Du temps de leur rencontre, Nola se serait volontiers fait Marc. Elle gardait l'idée dans un coin de sa tête. Mais ce n'était qu'un fantasme de plus. Seul Loïc comptait. Un jour elle avait surpris du dégoût dans le regard de Marc. Depuis elle lui en voulait à mort. Tout ça parce qu'elle séduisait principalement des mecs mariés. Aux yeux de tous, elle était gênante. La grande croqueuse d'hommes. Que disait-on de ceux qui répondaient à ses avances ? Rien. Ouais, bon, cette fois-là elle avait peut-être poussé le bouchon. Elle avait allumé un homme dont la femme, enceinte de huit mois, était à l'hôpital pour des complications. Le mec sortait pour la première fois depuis un mois. Sa femme avait insisté pour qu'il se change les idées. Elle l'avait allumé grave. Mais il n'avait pas cédé. Il aimait sa femme. Il l'avait repoussée gentiment mais fermement. Marc les avait surpris et avait posé sur elle ce regard de dégoût qui la hantait. Enfin bon. Un abruti de plus !

Elisa, c'était aussi l'amie d'Agnès, l'adorable Agnès que tout le monde prenait pour une sainte. Elle devait forcément cacher quelque chose. Personne ne pouvait être à ce point adorablement parfaite. Et puis il y avait aussi Pauline, Marie et Sophie qui ne juraient que par cette connasse d'Elisa ! « Elle est si drôle ! » « Quel charme ! » « La plus géniale des personnes sur cette terre ! » « On ne la mérite pas ! » Elle en avait la nausée. Dès que quelqu'un faisait un compliment sur Elisa, ça la chamboulait. Elle ne pouvait pas le supporter. Qui la complimentait, elle ? Se rassurer ensuite, en se persuadant qu'elle était franchement mieux, devenait de plus en plus compliqué. En attendant, il fallait faire semblant. Comme depuis le début. Jouer la copine sympa, cacher sa jalousie dévorante pour que les autres ne la mettent pas de côté, pour ne pas être exclue. Supporter Elisa aux anniversaires, aux soirées, pendant les vacances entre filles qui n'existaient plus depuis que tout le monde avait des mômes, un travail éreintant, un mariage à organiser, ou des beaux-parents à qui rendre visite. Tout le monde sauf elle avec sa vie qui ne semblait intéresser personne. Mais Lui, avec un grand L, méritait ces sacrifices. Le jour où elle avait eu Loïc fut le plus beau de sa vie. C'était il y a plus d'un an. Elle passait souvent l'air de rien devant la clinique. Et puis un soir ça avait payé. Il était là, en train de fumer une clope. Elle avait fait mine de ne pas le voir et de presser le pas en regardant son portable. D'un geste assuré, elle avait décroché en disant : « Oui j'arrive. Ne sois pas si pressé ! Tu peux te passer de moi deux minutes de plus. » La robe qu'elle portait ce jour-là la mettait particulièrement en valeur. Ne rien laisser au hasard. Et il avait mordu à l'hameçon. Quelques minutes plus tard elle recevait un message :

« Salut Nola. Je t'ai vue passer tout à l'heure devant la clinique, mais tu ne m'as pas vu. Alors, qui n'arrive pas à se passer de toi ? »

Elle n'avait répondu que le lendemain :

« Quelle question incongrue : énormément de monde. Mais lui particulièrement. »

S'en était suivi un échange de messages qui oscillaient entre la blague et le flirt. Rien de méchant. Il agissait comme ça avec toutes les femmes dès qu'il avait bu plus de deux verres. Alors elle était passée à la vitesse supérieure. Elle se montrait souvent devant la clinique, faussement pressée, surtout le soir après son travail. Lui finissait tard de toute façon. Deux semaines après l'épisode du texto, ils s'étaient recroisés et, cette fois, il l'avait arrêtée. Il s'était laissé pousser une barbe de trois jours qui lui seyait particulièrement. Plus jeune il avait été plutôt très mince, mais il s'était étoffé et son pantalon épousait joliment ses fesses. Loïc n'était pas particulièrement bien bâti. Une bedaine commençait d'ailleurs à poindre. Mais il possédait une puissance virile. Le genre à prendre les choses en main. Elle n'en pouvait plus d'attendre. Elle le voulait. Il l'avait invitée à boire un café. Elle avait répondu qu'on l'attendait, et s'était fait la réflexion que même après huit ans d'amitié il n'était pas foutu de se rappeler qu'elle n'aimait pas le café. Il avait insisté. Elle avait fini par lui faire croire qu'elle lui faisait une fleur et avait annulé son prétendu rendez-vous. Ils avaient baisé directement. En moins d'une heure. Depuis, ils se voyaient deux, trois, parfois quatre fois par semaine. Elle le suppliait de quitter Elisa. Elle se sentait capable de supporter Lucie un week-end sur deux. Après tout, un enfant de quoi ? Quatre ans ? Ce n'est pas compliqué à occuper. Une télé, un ordinateur ou une tablette et on ne l'entendrait plus pendant des heures. Avec lui elle planait. Au sens propre comme au figuré.

Elle avala un cachet de codéine. Elle en prenait cinq par jour. Elle n'arrivait plus à s'en passer. C'était avec lui qu'elle avait commencé. Il lui en prescrivait. Ramenait aussi de la coke. Un soir, ils avaient été jusqu'à essayer l'héro. Elle avait flippé et n'avait pas recommencé, mais lui avait sans doute réitéré l'expérience. Il était comme ça. Dangereux. Ça la faisait frissonner. Elle refusait de penser à sa dépendance. Personne, pas même Loïc, ne l'avait remarquée. Elle savait garder la face. Avec un peu de bonne volonté, peut-être qu'elle réussirait à arrêter ? Elle l'aimait tant. Ne pas l'avoir pour elle seule lui trouait le ventre. Ces cachets comblaient le manque. Sans eux, elle s'écroulerait. D'une certaine manière, ils la maintenaient en tension tout en détendant l'ensemble de son corps.

Elle rêvassait nue dans sa salle de bains. Le voyait devant elle et sentait ses caresses. Il fallait qu'elle se magne. Sa boss allait la tuer même si elle l'avait à la bonne. Nola était très douée pour lécher des culs au taf. C'était un talent qu'elle ne pensait pas avoir. Elle attacha ses cheveux en une queue-de-cheval serrée, enfila un short en cuir, un tee-shirt suffisamment décolleté pour que Charles, son stagiaire de vingt et un ans, passe la journée à rougir dès qu'elle lui parlerait. Elle était chargée de communication pour une grande marque de cosmétiques et était principalement entourée de femmes. Le regard des femmes ne l'intéressait pas. Celui du petit Charles en revanche, si. Ça lui faisait un bien fou qu'il la regarde, qu'il l'admire. Sinon à quoi ça servait d'être aussi bonne à trente-quatre ans ? Elle avait un entretien cet après-midi. Pour pourvoir un poste d'assistante de communication. La fille n'avait pas envoyé de CV. C'était un des super boss, comme elle aimait les appeler, qui lui avait demandé de la recevoir. Elle avait cherché la nana sur Facebook. Pas mal. Plutôt attirante. Mais pas de quoi lui faire de l'ombre. La meuf devait avoir dans les vingt-cinq ans. On verrait si elle ferait l'affaire. Nola détestait les tire-au-flanc. Elle travaillait avec acharnement. C'était quelque chose que personne ne pourrait lui enlever. Elle restait tard s'il le fallait et ne comptait pas ses heures sup. Elle donnait tout à sa boîte pour un salaire de misère. Et en habitant à Paris. Elle se trouvait courageuse. Tandis que les autres s'épanouissaient pendant que sa propre vie tournait au vinaigre, son goût du labeur bien fait la tenait debout et fière.

Elle courut pour prendre le métro. Il faisait tellement chaud là-dedans. Un vrai four ! Les gens avaient l'air de bouillir de l'intérieur et les odeurs allaient avec. Elle en aurait pour vingt minutes. Elle sortit son portable et écrivit un message :

« Salut. C'était cool hier. T'as oublié ta montre par contre. Viens la chercher quand tu veux. Tu me diras. »

Elle jouait la femme détachée, indépendante, l'esprit déjà ailleurs. C'était du vent, mais elle aimait qu'il doute. Quelle jubilation qu'il ait oublié sa montre ! Il serait obligé de venir la récupérer. Et elle le verrait deux soirs de suite.

Une fois sortie du métro, elle se mit à courir. Il était presque 11 heures. La galère ! La chance lui sourit cependant. Elle se souvint que sa boss avait posé sa journée. Un truc avec ses gamins. Elle jeta son sac sur son bureau, alluma son ordinateur tout en saluant chaleureusement Charles qui faillit tourner de l'œil quand elle ôta sa veste. Elle se fit un thé, le premier d'une longue série. Une fille du juridique apparut dans son champ de vision. Et merde ! Le dossier Nadeau. Ça avait mal tourné parce qu'elle avait oublié de faire valider le projet par tous les départements concernés. Bon, OK, elle se doutait que ce n'était pas extrêmement réglo, mais pas que ça prendrait de telles proportions. Si le juridique lui tombait dessus, il ne la lâcherait plus. Elle se mit de dos dans l'espoir qu'elle ne la voie pas. Trop tard. Elle fondit sur elle et la pressa de rédiger une note pour la direction. À tout prix ! La nana insistait et parlait de comptes-rendus, de synthèses et autres documents barbares. Grillée. Si elle faisait une note, elle allait devoir dire que c'était elle qui avait merdé. Elle ne voulait pas qu'on le sache. Aucune preuve écrite. Elle trouverait un moyen d'esquiver. Elle retourna à son bureau et fit le tri dans ses mails. La grande soirée de lancement de leur produit 4-en-1, autobronzant, anti-rayon UV, anti-âge et anti-cellulite, avait été un succès. Le rythme allait se calmer cette semaine. Les vacances d'été arrivaient. Son entourage allait partir en congé. Elle détestait cette période de l'année. Elle n'avait personne avec qui partir. Qu'était-elle à part la célibataire de trente-quatre ans que les gens en couple s'acharnaient à fuir comme la peste quand il s'agissait d'organiser des vacances ? Ses copines avaient au choix : des mioches, des mecs ou des meufs, des vies palpitantes. Elle ne pouvait se prévaloir d'aucun des quatre et rêvait uniquement, avec simplicité, de prendre le large avec Loïc. Mais c'était impossible. Pour le moment. Il allait quitter Elisa bientôt pour pouvoir vivre leur amour au grand jour. Et ils partiraient ensemble découvrir plein de merveilleux endroits. Elle l'aurait pour elle toute seule. Gabrielle lui ferait la gueule à vie mais elle s'en foutait. Elle n'en pouvait plus d'être dans l'ombre de la sublime Gabrielle. Avant Loïc, elle n'attirait que les mecs de seconde zone quand Gaby se trouvait dans les parages. Pendant longtemps elle l'avait admirée, adorée sans jalousie. Gabrielle brillait plus que les autres, c'était comme ça. Depuis quelque temps pourtant, ça lui était devenu insupportable. Elle replongea dans ses souvenirs à l'époque où elles sortaient tard le soir, écumaient les bars, riaient à gorge déployée dans les rues et rentraient chez l'une ou chez l'autre pour décuver et manger des pâtes. Mais les choses avaient changé. Nola fit le bilan de ce qu'elle avait réellement à perdre. Les autres filles lui en voudraient à mort également mais elle saurait les attendrir à coups de pleurs, de regrets et de supplications. Au final, le prix à payer pour être avec lui, c'était Gaby. Il était déjà trop tard pour Marc. Tant pis. Peut-être que Gabrielle entendrait raison un jour ? Elle se rendrait compte que Loïc était enfin heureux et que sa Timou l'enfermait dans une vie insipide. Avec lui Nola se sentirait en sécurité, vivante, et puis elle adorait l'idée de voir les hommes regarder Loïc avec envie, un homme d'apparence lambda avec une fille comme elle. Elle aimait jusqu'à l'idée même du couple qu'ils formeraient.

À 13 heures, elle s'enferma dans les toilettes pour avaler un autre cachet. Elle grignota ensuite devant son ordinateur en regardant la dernière vidéo de la youtubeuse, créatrice de contenus mode et « lifestyle », Jeanne Montet. La nana devait avoir dix ans de moins qu'elle mais Nola l'aimait bien, malgré les pointes de jalousie qui l'assaillaient parfois. La meuf était belle. Super canon même. Un brin refaite. Cela arrivait que son contenu soit franchement inintéressant. Là, par exemple, dans une vidéo sur sa routine alimentaire, Jeanne vantait les mérites d'une prétendue pilule miracle conçue pour favoriser la perte de poids. Du flan. Nola, fine connaisseuse des techniques commerciales, savait parfaitement que ce n'était qu'un mensonge mercantile. Les plus jeunes, les plus fragiles, et peut-être les plus influençables, tomberaient dans le panneau. Pourtant elle ne se permettait pas de juger. Après tout il n'y avait aucune différence entre ce qu'elle faisait et ce que faisait Jeanne. Des pilules miracles elle en avait avalé aussi. Encore aujourd'hui. D'un genre différent. Elle ne savait pas pourquoi elle la regardait. Elle aimait sa voix, ses tenues. Et puis elle fantasmait une vie qu'elle n'avait pas eue ou qui était passée. Profite, ma belle Jeanne. En parallèle, elle parlait sur WhatsApp avec ses amies. Pauline voulait aller boire un verre après le travail. Super idée. Elle rêvait d'un verre de vin depuis le réveil. Histoire d'empirer sa gueule de bois de la veille. Elle proposa le *Lustre doré*. Il y avait un serveur très craquant là-bas. Elle savait qu'elle avait une touche avec lui. Ils s'étaient lancé des regards langoureux la dernière fois. Revigorée par cette perspective, la journée lui parut plus lumineuse.

À 16 heures elle courut dans le hall d'entrée accueillir la jeune femme, Loan, qui passait un entretien. Elle découvrit une personne courtoise, joliment habillée et sympathique. Diplômée d'une licence en communication. Depuis, elle enchaînait les petits boulots. Nola avait besoin de quelqu'un et, puisque le super boss tenait à ce que ce soit

Loan, elle ne voyait pas pourquoi elle s'y opposerait. Elle voulait être bien vue de la direction. Elles montèrent au cinquième étage pour que Loan rencontre les RH avant de partir.

— Merci de m'avoir reçue, Nola.

— Ce fut un plaisir, Loan. Yves m'avait dit que vous étiez une jeune femme douée.

Et hop. Si elle se mettait Loan dans la poche, elle se mettrait Yves par la même occasion. Hyper douée pour lécher des culs.

— Je vous rappelle au plus vite.

Elle regarda sa montre. 18 h 30. Super. La boss n'était pas là et Charles partait à 18 heures tous les jours. Elle n'avait plus qu'à attendre encore quelques minutes et elle pourrait quitter le bureau à son tour. Dans une demi-heure maximum elle siroterait un verre de rosé ou un cocktail avec ses copines. Cerise sur le gâteau, la chère Elisa avait répondu qu'elle ne pourrait pas venir. Elle allait encore s'enterrer chez elle à attendre un mari qui ne l'aimait pas et qui aura peut-être vu Nola juste avant. Bien fait. Avec ironie, elle lui souhaita de passer une bonne soirée. En tout cas, elle, de son côté, comptait en profiter.

Elle arriva au bar la première et commanda un verre, accoudée au comptoir. Son troisième cachet de la journée, pris avant de partir, commençait à faire effet. Elle sentait ses muscles se détendre légèrement. Plus le temps passait néanmoins, plus les sensations étaient fugaces. Le serveur mignon était là. Il lui sourit. Elle entama la conversation avant qu'il ne soit happé par d'autres clients venus noyer leurs misérables journées dans des fonds de verres déjà trop usés. Une main se posa sur son épaule. Agnès. Elles s'embrassèrent et s'installèrent en terrasse. Elles discutèrent de leur journée et du travail en général. Agnès n'était pas une excentrique, encore moins une séductrice. Elle laissait les mecs aux copines. Elle était le calme et la douceur incarnés. Nola se rappela avec nostalgie les nuits tranquilles passées chez Agnès à se remettre des marathons de soirées des jours précédents. Où était passée cette époque ? Elle rêvait de ce monde désormais éteint qui l'avait rendue joyeuse et pleine d'espoir. Cela lui manqua tellement qu'elle prit la main d'Agnès en lui disant qu'elle était heureuse de la voir. Agnès sourit et lui rendit le compliment. Parfaite et sans aspérité, petite Agnès. La tête lui tournait déjà après son deuxième verre. Elle aurait dû s'arrêter là mais en commanda un troisième. Agnès n'en avait bu qu'un. Gabrielle choisit ce moment pour apparaître. Agnès lui fit remarquer à quel point elle était ravissante, ce qui fit enrager Nola. Pourquoi Agnès ne lui avait-elle pas dit à elle à quel point elle était jolie aujourd'hui ? Pourquoi toujours Gabrielle ? Bon, OK, c'était une bombe. Mais il fallait arrêter d'en faire des tonnes ! Merde à la fin ! Il n'y avait que Marc qui avait dit un jour quelque chose qui avait rassuré Nola plus que tout : « Gabrielle, je l'adore, et c'est vrai qu'elle est absolument magnifique, mais ce n'est pas ce que je recherche le plus chez une femme. Personnellement, je préfère le charme. Le piment. Et tu sais qui je considère comme le parfait mélange de ces qualités. Malheureusement c'est impossible. » Il discutait avec un pote à ce moment-là et elle n'était pas censée écouter mais elle avait entendu. Elle avait tout de suite su qu'il parlait d'elle. À l'époque ils avaient vingt-huit ans et elle était avec un mec de leur bande. Aujourd'hui marié et expatrié en Angleterre. Ça n'avait pas duré longtemps mais Marc était loyal. C'était sans doute pour cela qu'il ne s'était pas déclaré alors. Et puis de qui d'autre aurait-il pu parler ? Elle avait été tellement heureuse que le beau Marc la préfère. Maintenant il la détestait et cette pensée, cette fois, lui fit mal au ventre.

Gabrielle ramena sa chevelure brune et frisée dans son dos et la regarda avec attention. Qu'est-ce qu'elle avait à l'analyser ? De sa voix de sirène, elle dit :

— On attend qui alors ?

— Marie, Pauline et Sophie seront là d'ici cinq minutes. Mais sainte Timou ne viendra pas, répondit Nola avec aigreur.

— C'est quoi ton problème ? s'enflamma Gabrielle.

— Quoi ? On a plus le droit de rigoler ? Dès que nos lèvres souillées osent prononcer le nom de sainte Timou, il faudrait crier au blasphème ? Pas de soucis je m'abstiendrai. Loin de moi l'idée de souhaiter me transformer en hérétique ! Je vais reprendre un cocktail.

Elle en avait ras-le-bol ! Elle avait pourtant essayé de devenir à son tour la chouchoute de Gabrielle. Mais la sainte Timou était arrivée avant. Elle se leva d'un bond et se dirigea d'un pas digne et sensuel vers le serveur.

— Alors cette soirée n'est pas trop assommante ? susurra-t-elle.

— Non, aucune ne l'est. Chaque jour apporte son lot de personnes différentes. Certaines sont passionnantes.

Il avait dit cela en lui jetant un regard complice. Il flirtait. Elle adorait cette idée et la soirée retrouva un intérêt certain à ses yeux. Elle commanda un cocktail qu'elle sirota en lui parlant. Mais Pauline déboula au bar et vint clore cet agréable moment. Si Pauline et Sophie étaient arrivées, on allait enfin pouvoir se marrer. Elles étaient désopilantes bien qu'elles ne boivent jamais d'alcool. Avec elles, Nola avait repris le yoga et s'était sculpté un corps de rêve. La fête était plus cool quand Pauline et Sophie étaient là. Elles ne se prenaient pas la tête et c'était aussi rafraîchissant que les cocktails qu'elle enchaînait ce soir.

Combien en avait-elle bu déjà ? Elle avait perdu le compte. La tête lui tournait mais qu'importe. Elles rejoignirent la table.

— Bon, de qui ou de quoi on parle ce soir alors ? s'informa-t-elle.

— De l'anniversaire de Timou. Dans trois semaines.

Gabrielle lui avait répondu avec un ton où pointait le défi. Elle refusa de croiser son regard. Encore Timou. Fait chier ! Déterminée à ne surtout pas apporter de l'eau à leur moulin, Nola resta silencieuse. Elle se savait incapable de supporter une soirée pendant laquelle Elisa serait l'objet des regards, des attentions, des gentillesses et de l'adoration de ses amis, son mari à ses côtés, comme si coulait entre eux un parfait bonheur conjugal. Comme si le véritable amour était le leur et non le sien. Une jalousie incandescente la rongeait. Au moment où il fut question d'inclure Marc dans la confidence de cette joyeuse sauterie, elle lança à Gabrielle, pleine de cynisme :

— Avant que Marc n'intervienne, on pourrait peut-être prévenir Loïc, non ? Aux dernières nouvelles ce n'est pas Marc qui est marié avec elle, si ?

Loïc n'apprécierait pas cette stupide idée d'anniversaire, elle le savait. Il ne prendrait pas le risque qu'Elisa et elle se croisent dans pareil contexte.

— Non mais Marc connaît son planning par cœur.

Nola allait rétorquer mais Gabrielle, qui reprit le dessus sur sa colère, ajouta :

— Finalement, tu as raison, il faut prévenir Loïc également. Tu n'as qu'à gérer le mari, je gère le collaborateur.

Nola prit la mouche. Elle n'avait pas besoin que Gabrielle lui donne un ordre pour parler à Loïc. Jusqu'à preuve du contraire c'était avec elle qu'il trompait sa femme, elle qu'il aimait ! Son intervention mit un terme à la conversation. On reparlerait de ce projet bientôt, elle ne se leurrait pas, mais au moins elle resterait tranquille pour le reste de la soirée.

Marie venait d'arriver. Une marrante aussi cette Marie. Une maman un peu à la cool qui ne ressentait pas le besoin d'étaler son bonheur familial. Au contraire, elle répétait à loisir, à toute femme qui voulait l'entendre, que l'enfantement n'était pas le grand épanouissement que l'on vendait aux trentenaires hésitantes, bien qu'elle aime ses mouflets plus que tout. Nola finit par se persuader qu'elle avait assez bu et héla le serveur pour commander un Perrier. Il se faufila jusqu'à leur table avec un air troublé. Elle le perturbait. Tant mieux ! Cela l'émoustillait que des hommes éprouvent du désir pour elle. Il prit sa commande. En revenant, il tenait un papier à la main. Son numéro. Elle lui sourit pour l'encourager. Il tendit le Perrier à Nola mais dirigea le papier vers Gabrielle. C'en était trop pour la soirée. Elle commanda un cocktail supplémentaire et partit aux toilettes. Là, elle pleura tout son soûl, déversant son fiel et sa tristesse dans l'ombre des toilettes aux lumières tamisées dégueulasses. Elle se regarda dans la glace et eut envie de la briser. Ce soir, aucune de ses amies ne lui avait demandé comment elle allait vraiment, si elle voyait quelqu'un, ni ce qu'elle ferait, seule, dans un Paris étouffant cet été. Qui s'inquiétait pour elle ? Et si elle partait, qui s'en rendrait compte ? Trop célibataire, trop isolée pour être intéressante. Peut-être mettait-elle les autres mal à l'aise. La regardaient-ils avec pitié ? Elle regrettait d'être venue. Elle se sentait misérable, insignifiante. Elle fouilla dans son sac, avala à la hâte un autre cachet et s'essuya les yeux pour s'assurer que son départ ne pourrait pas être mis sur le compte d'une crise de larmes. De là, la soirée fila très rapidement. Elle se souvint avoir bu d'autres verres avant qu'on la pousse dans un taxi. Gabrielle lui fit promettre d'envoyer un message.

— Comme si t'en avais quelque chose à foutre.

Elle vomit trois fois en arrivant chez elle. C'était mieux de le faire maintenant que le lendemain. La tête lui tournait et son estomac l'élançait douloureusement. Elle pourrait peut-être poser sa matinée. Oui, c'est ce qu'elle allait faire. Elle se sentait si nulle. Elle ne réussissait rien. Pourquoi était-elle rejetée ? Seule ? Elle voulait qu'on l'aime. Était-ce trop demander ? Ratée. La voilà peut-être la réponse. Elle se démaquilla, se brossa les dents et était en train de démêler ses cheveux quand la sonnette retentit. Il était 00 h 10. C'était lui. Il ne l'avait pas prévenue. Il avait l'air un peu soûl lui aussi. Buvait-il au travail ? Il la prit par le cou sans lui dire un mot et l'embrassa avec fougue. En un rien de temps, elle se retrouva nue sur son canapé. L'assaut ne dura que deux minutes. Ils ne s'étaient pas protégés. Et merde ! Elle avait vomi sa pilule. Il se releva, remit son pantalon et desserra enfin les dents avec un sourire satisfait au coin des lèvres :

— Où est ma montre du coup ?

Sa voix était douce et chaude. Loin de l'agressivité bestiale de ses gestes. Nola alla lui chercher sa montre qu'elle avait glissée sous son oreiller. Elle insista pour qu'il reste plus longtemps. Elle réussit à le garder avec elle vingt minutes malgré son air pressé. Il ne s'habillait jamais avec excentricité. Jean, tee-shirt, pull noir. Dans la rue, personne ne le regardait particulièrement. Mais quand il prenait la parole, son visage s'animait et ses yeux s'éclairaient. C'était un charme indescriptible et bien des femmes étaient tombées amoureuses de lui après lui avoir parlé. C'était un homme sociable. Il avait une grande gueule et ne se laissait pas faire. Intelligent, drôle et incisif. Son sens de la repartie n'avait aucun pareil dans son entourage. Pourtant, assis là, face à elle, il restait étonnamment taiseux, comme préoccupé. Ailleurs. Il l'écoutait parler de cette histoire d'anniversaire. Sa mâchoire se contractait-elle sous le coup du déplaisir ou était-ce un effet de son imagination ? Il n'aimait pas l'idée et allait s'y opposer. Elle en était sûre. Elle asséna le coup de grâce quand elle lui dit :

— Si tu souhaites en savoir plus, vois avec Marc, les filles l'ont mis sur le coup pour l'orga.

À ces mots, il se leva et prit son manteau. Son regard s'était durci. Elle n'aimait pas cela. Elle voulait que cette idée d'anniversaire soit abandonnée mais pas de cette façon. Pas à ce prix-là ! Elle voyait dans ses yeux de la jalousie. Pourquoi serait-il jaloux de Marc ? C'était elle qu'il aimait. Pas Elisa. Plus maintenant. Pendant un instant, Nola fut prise de remords. Qu'était-elle devenue ? À quoi en était-elle réduite pour obtenir l'attention d'un homme ? Elle perçut le décalage. Il ne l'aimait pas comme elle l'aimait. Et cette certitude acheva de lui briser le cœur. À peine eut-elle le temps de protester qu'il était déjà à la porte. Il l'embrassa rapidement sur les lèvres. Elle se dirigea vers son lit et s'écroula. Elle eut à peine le temps de penser à envoyer un message à Gabrielle qu'elle s'endormit d'un sommeil lourd.

À son réveil, il était 9 heures et son portable affichait soixante appels en absence. Toutes les filles avaient essayé de la joindre. Agnès la suppliait de la rappeler dès qu'elle le pourrait, menaçant de débarquer. Un message de Gabrielle pour lui demander si elle était bien rentrée. Le bureau s'inquiétait également. Finalement elle allait poser sa journée. Elle prit un cachet sur sa table de nuit et appela le boulot en prétextant un gros rhume. Elle irait chez le médecin tout à l'heure et se ferait mettre en arrêt quelques jours. Il fallait qu'elle dorme et qu'elle fasse le point. Elle envoya un message aux filles pour les rassurer. Le second message fut pour celui qui occupait toutes ses pensées bien qu'elle se sente comme une merde de ne pas réussir à l'oublier ne serait-ce que quelques heures :

« Hey beau gosse, si tu as envie de faire une sieste crapuleuse ce midi, je t'attends nue au lit. Tu n'as qu'à sonner. J'éteins mon portable. »

Elle se rendormit un peu. Vers 11 heures, elle ralluma son téléphone. Un numéro qu'elle ne connaissait pas lui avait laissé un message. En l'écoutant son pouls dépassa les deux cents battements par minute. Et tout ça sans avoir besoin de prendre de drogue. La police voulait lui parler. Elle devait se présenter au commissariat aujourd'hui. Au plus vite !

L'invisible évidence

Les courses lui prirent plus d'une heure. Loïc, qui avait fait de l'organisation une obsession, lui avait donné l'habitude de faire une liste très précise de ce dont elle avait besoin. Elle savait désormais comment optimiser son temps en trouvant les produits voulus suivant l'ordre de son trajet dans le magasin. Elle venait si souvent ici qu'elle connaissait chaque employé. Erika était à la caisse. Elles se saluèrent avec chaleur avant d'entamer une conversation à la teneur si tristement banale que ni l'une ni l'autre ne s'en souviendrait le lendemain. À la sortie elle croisa le regard de Lénita qui affichait son air maussade. Doggy, son énorme doberman, couina en la voyant et s'avança pour lui lécher le bout des doigts. Lénita fit claquer sa langue, et sourit.

— Ah ! Delattre ! Super, t'es là. J'avais la dalle et les bourgeoises du coin sont vraiment trop coincées. C'est fou. Pas foutu de me faire un sourire.

— Les gens ont des journées compliquées, ils oublient de regarder autour d'eux.

— Tu parles ! Ils ne veulent pas me voir. Je les dérange trop.

Elisa ne trouva rien à redire. Peut-être parce que la jeune fille touchait là une vérité que l'on ne pouvait pas feindre d'ignorer. Lénita n'avait pas encore vingt et un ans et elle dérangeait en effet. À commencer par son style. Des piercings aux oreilles, sur le nez, à la lèvre et aux sourcils. La nuque rasée. Des mèches de cheveux bleu électrique. La jupe rouge aux motifs tartan écossais, qu'elle avait associée à un haut noir minuscule, jurait en comparaison. De longues chaussettes remontées jusqu'aux genoux et une paire de chaussures noires à la semelle plus épaisse qu'un dictionnaire mettaient la touche finale à sa tenue. Mais ce qui, sans commune mesure, devait le plus dérouter les gens chez Lénita, c'était les interpellations à caractère souvent sexuel, généralement insultantes, dont elle seule avait le secret :

« Hey toi là-bas, le petit cul moulé dans son jean, un euro et t'as un bisou sur la tête ? Fais pas comme si on te le proposait souvent ! » « Hey toi, celle avec la même coiffure que ton chien, on est toutes les deux dans le même bateau, faut qu'on nourrisse Médor, alors un peu d'aide ? » « Hey, avant de rentrer baiser bobonne, tu peux me dépanner ? »

Pourtant, Lénita bouleversait aussi. Elle incarnait ce qui chamboulait tout le monde. Une femme seule, jeune, livrée à elle-même, contrainte de mendier pour survivre, et néanmoins formidablement vivante. Un être humain en chair et en os à qui la vie avait fait un pied de nez. Elle avait raison, les gens ne voulaient pas regarder la misère. Elisa encore moins que les autres. Ils étaient déstabilisés. Elisa la première. Peut-être que la peur tenait à cette fugace impression qu'à y regarder de trop près, le reflet de ce qu'elle était pourrait nous apparaître familier.

Lénita squattait le quartier du cabinet. *Un coin un peu moins craignos que les autres pour une meuf,* lui avait-elle dit un soir. Elisa déposa ses paquets et lui tendit un billet de vingt euros. Elle tira également de son sac de courses un paquet de brioche et une bouteille de jus d'orange.

— Tiens, Lénita. Tu veux que je retourne à l'intérieur pour Doggy ?

— Oh oui, s'il te plaît ! Un peu de pâté, il va adorer, hein Doggy ? Tu peux me prendre des Tuc comme la dernière fois ? J'ai tellement kiffé.

Elisa était repartie pour un quart d'heure de queue dans l'atmosphère compacte du magasin. Vu son retard, elle devait penser à garder de quoi payer le taxi de retour à Ani, la nounou. En temps normal Loïc lui aurait demandé de justifier ses dépenses. Mais cette fois il n'en aurait pas le temps. En sortant à nouveau du supermarché, un sentiment d'abattement l'assaillit. Loïc lui envoyait son vingt-cinquième message de la journée pour savoir où elle était et si elle n'avait rien oublié de prendre dans ce qu'il lui avait demandé. Comme si elle pouvait se le permettre. Elle repensa au début de leur relation quand il vivait au jour le jour et faisait les courses sans se préoccuper du lendemain. Puis Loïc avait prétexté qu'il en avait assez, que ses gardes de nuit l'épuisaient et qu'il fallait qu'elle se débrouille. À l'époque elle lançait son activité de kinésithérapeute avec Marc. Elle était éreintée mais heureuse. Loïc trouvait qu'ils se précipitaient et accusait Elisa de tout faire reposer sur leur ami. Il disait que Marc allait jeter l'éponge. Sans trop savoir comment, elle s'était retrouvée à faire les courses tous les samedis. Seule. Puis elle était tombée enceinte. Et même là ce fut encore elle qui naviguait entre les rayons de céréales et de produits ménagers. Depuis l'arrivée de Lucie, elle sacrifiait un soir de semaine afin de ne pas traîner la petite dans les magasins le week-end où tout ne pourrait que se terminer en drame parce que maman aurait refusé d'acheter un paquet de bonbons. Et puis le samedi, Loïc ne pouvait pas s'occuper de Lucie. Il avait foot. Il avait boulot. Il avait match à la télé. Il avait des amis. Mais quel que soit son emploi du temps, il ouvrirait le frigo et ne supporterait pas de le voir à moitié plein. Ce qu'elle achetait n'était jamais assez bien. Elle ne prenait pas la bonne marque, ne pensait pas assez à ce qui lui ferait plaisir, s'y prenait mal et dépensait sans compter alors que c'était lui qui ramenait le plus d'argent à la maison. Ce constat avait justifié à ses yeux qu'il contrôle les dépenses. Et même maintenant qu'Elisa gagnait bien sa vie – peut-être était-ce d'ailleurs à ses yeux une raison supplémentaire –, les choses n'avaient pas changé. Elle les courses à la main dans ces rayons interminables. Lui le porte-monnaie dans la poche là où il avait envie d'être.

Elisa se sentait lasse mais, puisant dans des ressources qu'elle avait longtemps ignorées posséder, elle se reprit.

— Au revoir Lénita, dit-elle doucement en lui tendant un sac de courses plein à craquer.

— T'ES UNE OUF MADAME DELATTRE !!! MERCI MERCI !!!

— Salut Doggy, prends bien soin de Lénita, hein ? Lénita, tu vois où est mon cabinet ? Si besoin, viens sonner.

Elle partit avec un clin d'œil pour la jeune fille, en lui souhaitant intérieurement de tout son cœur de s'en sortir. Si elle se présentait au cabinet de sa part, Marc l'aiderait. Un peu d'argent. À manger. Quelque part où dormir.

Lénita

Elle en avait ras-le-cul de toute cette merde ! Il faisait chaud et les gens la soûlaient. Elle se foutait d'eux. Malheureusement pour elle, eux s'en foutaient encore plus. Ils ne la regardaient pas. Ou alors pire, ils ne la voyaient pas. Ou refusaient de la voir. Elle se sentit les aisselles. Elle irait aux bains-douches demain. Il lui restait beaucoup de gel douche. Elle avait béni la Delattre d'y avoir pensé. Personne ne pensait aux produits d'hygiène d'habitude. Et pourtant… Bon, Delattre n'avait pas non plus poussé le génie jusqu'aux protections hygiéniques. Elle devrait réclamer. À la prochaine bourgeoise qui passerait. Elle aurait pu prendre du journal et se tapisser la culotte mais elle s'y refusait depuis l'histoire de Mona. Elle flippait grave que ça lui arrive. Mona, comme elle, avait, selon ses propres termes, un petit souci de logement. Quelle blague ! Sacrée Mona ! Souci de logement mon cul ! Une SDF, voilà le mot que Mona refusait de dire. Mais bon, Mona avait eu son lot de merde pour ne pas qu'on se foute de sa gueule non plus. Un jour où elle n'avait ni tampon ni serviette, elle avait utilisé du papier journal. Mona en avait eu plus qu'assez de tacher ses sous-vêtements et ses pantalons, et ça, Lénita le comprenait. Mais ça avait mal tourné. Une infection de merde !

La rue, on pouvait dire ce qu'on voulait, c'était avant tout un échantillon assez cru et réel de ce qu'était le monde. Violence. La rue était violence, mais la société l'était encore plus. La vie, en fait. C'était ça la violence. Vivre. Heureusement elle avait Doggy. Ça, ça valait le coup. Elle le laisserait peut-être à Jody en allant aux bains-douches. Doggy l'aimait bien et Jody était gentille. Elle adorait les clébards. Jody avait eu un chien dans le temps, un microscopique bichon du genre super vénère, mais c'était avant de claquer la porte de chez elle. Jody était sympa et super créative. Intelligente aussi. Sa plus grande qualité résidait quand même dans le fait d'avoir un appart. Elle avait vingt-six ans et c'était une meuf transgenre. Jody lui avait expliqué qu'elle avait été assignée mec à la naissance mais qu'elle ne l'avait jamais été. Lénita avait clairement capté la différence. Pas les parents apparemment. Lénita n'était pas du genre à poser trop de questions. C'était pas ses affaires après tout. Si sa pote voulait en parler elle était OK, mais elle n'allait pas la gaver avec des interrogations.

Jody, c'était une meuf rare tant elle était gentille et elle avait un appart et c'était ce qui comptait. Enfin un appart… C'était surtout une pièce un peu pourrave sans chiottes. Les murs étaient gris et on ne savait pas si c'était la couleur d'origine ou de la crasse. La grand-tante d'une copine à elle, Loan, qui avait cédé aux supplications de sa petite-nièce, la lui louait pour pas trop cher. Son maigre salaire de serveuse en prenait un coup mais bon. Elle avait un endroit à elle au moins. Elle autorisait Lénita à dormir sur le sol certains soirs. Les autres nuits, elle restait sur le palier. Surtout quand Jody invitait un coup d'un soir en fait. Lénita avait réussi à choper un matelas gonflable. C'était le luxe ! Jody, c'était la sœur qu'elle avait pas eue. Elle l'avait sauvée.

Avant ça elle ne voulait même pas compter le nombre de fois où elle avait dû y passer pour un endroit au chaud. Les potes qui lui disaient : « OK pour te dépanner, viens dormir à l'appart mais bon il y a des contreparties. » Les refuges mixtes, c'était hors de question. Ceux pour femmes n'avaient pas toujours de la place. Et puis elle n'arrivait plus à raconter son histoire. Elle s'isolait. Elle avait peur. Alors les nuits d'avant Jody, Lénita les passait à marcher. Des heures durant, comme un robot qu'on n'a pas débranché. Pour ne pas se faire emmerder et puis pour conserver la chaleur. Parfois, elle était trop fatiguée, alors elle se calait dans un endroit sombre, pour ne pas être vue. C'était comme ça qu'elles s'étaient rencontrées, le jour où Jody avait frappé un mec qui se faufilait dans le duvet de Lénita. Il avait appâté Doggy avec de la viande et l'avait enfermé derrière une grille de chantier cet enfoiré ! Les aboiements de Doggy l'avaient réveillée. Elle avait aperçu l'homme quelques secondes avant de fermer les yeux en se disant que ce n'était qu'une horreur de plus à subir. Elle ne voulait pas qu'on la tue. Mais Jody était apparue à ce moment-là. Qu'est-ce qu'elle faisait ici à une heure si tardive ? Elle avait refusé de le dire. Lénita, même si elle n'en avait jamais reparlé à sa sauveuse, s'en était doutée quand elle avait vu un mec costard-cravate démarrer sa caisse flambant neuve et partir sur les chapeaux de roues. Lénita et Jody se comprenaient. Elles refusaient la drogue et l'alcool. Ces merdes, pas question d'y toucher ! Enfin si. Avant. Avant la rue. Mais avant la rue ça ne comptait pas. C'était une autre vie. Elle était encore Léna. Elle traînait avec des gens peu fréquentables, qui lui avait présenté cette fille, super cool, libre, qui envoyait tout le monde chier, et que l'on surnommait Debby. C'était elle qui lui avait filé son premier shoot. Et puis, Léna avait plongé. Elle sortait avec Debby et se shootait. À l'époque, elle avait une mère. Oh, pas la meilleure mère. Du genre qui aime un peu trop la bière et assez peu sa fille. Mais bon. C'était une mère. Paraît que c'est sacré. Bof. Celle qu'elle avait eue lui avait suffi pour décréter que l'expérience n'avait pas été un franc succès. Même si sa disparition, ça lui avait troué le cœur. Elle devait le reconnaître. Elle avait passé sa vie à la haïr, mais quand elle était partie, ça avait été le pire moment de son existence. À côté, même la rue c'était du tendre et du joli. Mais bon ça servait à rien de ressasser ça. Avant, elle se la mettait directement dans les veines puis à la mort de sa mère, elle avait arrêté les conneries. En fait c'est à la sortie du centre d'hébergement thérapeutique qu'elle avait fini là. Tout le monde pense que la rue c'est ça qui vous fait plonger mais c'est faux. Ce qui fait surtout plonger, c'est la naissance. Tu nais et tu plonges. En fonction de qui tu es. Des chances et des droits qu'on t'a offerts.

Elle avait compris qu'elle pourrait pas se droguer dans la rue. Sinon c'était la mort. Et la mort elle en voulait pas. Arrêter, ça avait été le deuxième truc le plus dur. Puis elle avait eu Doggy. Un an qu'elle l'avait son Doggy et tous les deux c'était à la vie à la mort. Depuis quelques mois, elle était avec Jody. Mais la nana voulait pas lui laisser l'appart la journée. Et elle ne voulait pas partager sa douche tous les jours. Pas facile de faire confiance à quelqu'un qu'on a trouvé dans la rue. Elle lui avait dit. Lénita avait compris. Dans son appart Jody laissait tout son matériel pour les bijoux qu'elle fabriquait. C'était pas mal. Pas trop le style de Lénita qui n'était pas du genre à s'afficher avec des petits anneaux en or décorés de perles en pierre semi-précieuse. Elle rigolait rien que d'y penser. Des fois Jody on aurait dit une adolescente. Elle adorait écouter des boys bands. Elle avait un poster du film *La Plage*. Apparemment, Léo, ça avait été parmi ses premiers émois sexuels. Bon OK Léo il est pas mal, mais Lénita ça l'avait quand même fait trop marrer qu'une fille de vingt-six piges ait un poster d'ado au-dessus de son lit ! Jody, super vexée, avait laissé Lénita dormir sur le palier ce soir-là. Elle l'avait fâchée. C'était une susceptible Jody. Mais c'était une gentille aussi. Elle donnait du pain aux pigeons et adorait faire des risettes aux bébés. Si ça c'était pas un signe ! Qu'était devenue Debby depuis ? Il paraît qu'elle traînait près de la colline du crack et qu'elle faisait des passes pour payer ses doses.

— Allez viens, Doggy. On va bouger un peu !

Elle voulait marcher. Elle en avait assez de se renforcer la corne du cul sur ce trottoir devant Franprix. Le quartier avait beau être relativement cool, elle en avait marre des bourges. Et puis le pervers du bar en face arrêtait pas de la mater. Connard ! Est-ce que son géniteur avait cet air-là quand il avait mis sa mère en cloque ? Sa mère. Elle avait fait les mauvaises rencontres. Notamment avec l'alcool. Elle savait que c'était un peu lié. Si sa mère avait eu une vie différente, un endroit stable où crécher, des sous tous les mois pour remplir le frigo, et puis un mec qui assume sa gamine, elle n'aurait peut-être pas rencontré l'alcool, elle vivrait encore et Léna elle serait peut-être comme cette pouffiasse là-bas qui rentre de la fac dans son petit appartement parisien et qui va aller taper du pied avec ses pouffiasses de copines, manger des tapas, et boire des mojitos avant de baiser avec des types en costards sortis entre mecs pour prendre un verre. Ou peut-être pas. Elle aurait bien voulu un mec en costard. Mais c'était à peine si ces types-là ne passaient pas à côté d'elle un masque à gaz sur la gueule histoire de ne pas respirer le même air qu'elle. On pourra dire ce qu'on veut mais ce qui rendait le plus aigri dans la rue, ce qui faisait couler de la haine dans les veines à la place du sang, c'était le mépris. Même le mépris dissimulé sous une couche d'amabilité. Elle en pleurait des larmes de colère au début. Puis ça s'était tari. À quoi bon ?

Ils marchèrent un peu. Les gens souriaient au chien. Punaise ! AU CHIEN ! Mais bon, son Doggy au moins il avait de l'amour à revendre. Et du mépris aucun. Elle aurait voulu un chat aussi. Mais ce n'était pas sérieux. Un chat c'était du sauvage. De la liberté. Pas une liberté de rue. Une liberté de vivre. Les chats vivaient comme ils l'entendaient. Enfin souvent. On croisait des chats sans âme, pour qui la vie avait été, comme pour elle, une succession de merdes. Mais ceux-là aussi gardaient une forme de classe. Doggy c'était l'amour, la joie. Le chat c'était l'air, l'émancipation. Elle l'appellerait Cato. Ce serait drôle de crier à la cantonade : *« Hey le Cato je t'ai déjà dit de pas te lécher le cul devant tout le monde. »* Ouais c'était nul. Mais c'était ça aussi la solitude. On ne pouvait pas se tromper sur soi quand on se regardait bien en face des heures, des jours, des années durant. Lénita avait conscience de pas être une bête de génie et pas forcément une fille bien. Elle était mauvaise des fois. Et alors. Faudrait en plus qu'elle soit sympa ? Ça c'était à mourir de rire pour le coup ! Après avoir dégourdi ses jambes, elle s'assit sur un banc et se grilla une clope. Elle regardait les gens passer et les interpellait :

— POPOPO pardon monsieur mais le cul que t'as c'est un gros délire !

— QUOI ? La dame veut ma photo ? T'aimerais avoir la même coupe ? Un euro et je te fais le tout, sans la couleur !

— Alors les amoureux, on serait pas dans l'union libre et tous ces trucs-là que je m'incruste ?

— Oh toi fais au moins un sourire !!!

Elle voulait les faire chier. Qu'ils la regardent un minimum. Qu'on voie ce que vivent les gens comme elle. Qu'on la regarde, merde ! Des fois elle se demandait qui se rappellerait d'elle quand elle mourrait. Mais mourir alors qu'elle avait Doggy, c'était hors de question. Ça ils pourraient faire ce qu'ils veulent, c'était non. On ne l'aurait pas. Mourir, ça aurait été trop simple. Les pouvoirs publics la transformeraient en chiffre et son souvenir disparaîtrait pendant que Doggy serait emmené à la SPA et peut-être piqué là-bas parce que personne ne voudrait d'un ancien chien de SDF. Elle se leva et retourna sur ses pas. Mécaniquement, ils la ramenèrent au Franprix qu'elle avait quitté. Les maraudeurs savaient qu'ils pouvaient la trouver là. Les gens lui donnaient pas mal de bouffe. Elle partageait avec Jody. Quand même. Avec les colis alimentaires ça lui permettait de survivre. Des fois elle allait aux Restos. Voir le nombre de gens, de familles et de gamins obligés de faire comme elle, ça la flinguait. Elle serra Doggy contre elle. Monde de merde. Des fois on lui donnait de l'argent. Delattre, c'était la meilleure. Presque tous les jours c'était un truc à manger, des pièces, parfois des billets. Delattre, c'était un peu son ange. Un bout de femme assez mignonne, surtout le sourire. Un peu brune, mais pas vraiment non plus. Elle avait un petit ventre, sans doute parce qu'elle avait eu un marmot. Elle avait des yeux marron brillants soulignés par des cernes qui criaient le besoin de se caler au lit. Elisa ne prenait pas vraiment soin d'elle mais dégageait une gentillesse évidente, presque comme si elle s'excusait de vivre. Ça, Lénita pourrait jamais le comprendre mais elle la trouvait cool. Ce n'était pas souvent qu'elle aimait bien quelqu'un comme ça. Elle passerait peut-être ce soir. Lénita attendit. Longtemps. Puis enfin Delattre pointa sa bouille. Elle lui tendit à manger et un billet de vingt. Un ange. Elle lui proposa même de retourner dans le magasin acheter des trucs pour Doggy et revint un quart d'heure plus tard avec un gros sac plein à craquer. Lénita lui trouva le regard étrange. Un peu éteint, comme si elle n'était pas vraiment là. Elle connaissait bien cet air. C'était celui des problèmes et des peines qui prennent toute la place dans le cœur. Les yeux ne pouvaient rien voir d'autre dans ces moments-là.

— Au revoir Lénita, dit-elle doucement en lui tendant un sac débordant de nourriture.

— T'ES UNE OUF MADAME DELATTRE !! MERCI MERCI !!!

Lénita en faisait des caisses pour la voir s'éclairer un peu. Doggy aboya gaiement avec elle. Delattre secoua la tête avec son air timide et son beau sourire. Lénita aurait voulu une mère comme elle. Elle aurait crevé pour avoir une Delattre à la place de sa mère. Ou plutôt vu l'âge qu'elle devait avoir, un truc dans les trente ans, comme grande sœur.

— Salut Doggy, prends bien soin de Lénita, hein ? Lénita, tu vois où est mon cabinet ? Si besoin, viens sonner.

Elle partit avec un clin d'œil complice auquel Lénita répondit par un signe de la tête. Si besoin... De quoi avait-elle le plus besoin ? De vivre, d'un travail, d'argent, d'un toit, d'amour, de considération, et surtout d'être libre. Libre de choisir. Elle pensa longtemps à Delattre. À ses yeux moins lumineux et à la joie qui s'était fait la malle. Et puis elle se fit la réflexion que ce n'était pas la première fois qu'elle la voyait comme ça. Comme le jour où elle avait fait des courses avec son attelle parce qu'elle s'était cassé la gueule, écopant d'une entorse de merde à la cheville. Lénita l'avait vue galérer avec son gros sac de courses et lui avait proposé de l'aider. Mais Delattre ne voulait pas déranger. Ouais. On la faisait pas à Lénita, Delattre ne voulait pas qu'on la regarde de trop près surtout. Et puis c'était quoi le délire ? Prends soin de toi Lénita qu'elle a dit. C'était trop bizarre ça. Lénita, la rue ça l'avait cassée, mais ça avait quand même déclenché un don chez elle. Le don de repérer à mille kilomètres la merde. Elle fut prise d'une impulsion qui s'éteignit aussitôt. Delattre cachait un truc, c'est clair, mais en y réfléchissant ce n'était pas vraiment ses oignons. Elle chassa Delattre de son esprit au moment où Jojo l'Enflure, le casse-couille ventripotent qui parcourait le quartier, insultait les gens, menaçait de frapper quiconque le regardait dans les yeux, et pour qui le complot était partout, entra dans son champ de vision. Lui aussi c'était un SDF. Il disait que la rue l'avait endurci. Et merde ! Jojo l'Enflure venait de la repérer.

— Hey toi là ! L'imbécile aux cheveux bleus, avec ton vieux clebs ! Regarde la lune ! La lune c'est une invention de ces pourris pour qu'on aille dormir ! Mais toi, tu penses pas à tout ça, tu préfères rester sur ton petit bout de trottoir comme une conne !

Oh merde ! Grande forme. Allez Lénita c'est pour ta gueule. Fais comme si tu comprenais. Sinon il va devenir violent. Jojo l'Enflure, il lui avait déjà mis une gifle. Et elle avait flippé. Elle aurait aimé dire qu'avec son énorme clébard et la grande gueule qu'elle affichait, elle lui avait arraché la tête, mais c'était faux. Tout ça c'était de l'esbroufe. Doggy avait grogné mais elle avait eu encore plus peur pour lui. Elle s'était sauvée et cet enfoiré avait pris son spot pendant deux semaines. Et puis un jour il s'était barré. Lénita l'avait revu de temps en temps mais elle ne lui avait plus parlé. Elle se cachait ou s'enfuyait le plus vite possible. Mais là c'était trop tard. Il s'était assis à côté d'elle.

— Ta teinture. Ta teinture c'est bourré de merde, ça atteint le cerveau et tu peux être contrôlée. T'es une vendue alors hein ? Qu'est-ce qu'il y a ? Tu sais pas dire non ? Appelle-les pour qu'ils viennent t'aider ! Tu verras que tout le monde s'en fout.

Jojo l'Enflure commença à lui caresser la cuisse. Elle eut envie de vomir. Son cœur partait dans tous les sens. Pas ça. Pas ça. Pas ça ! Pour les passants elle n'existait pas. Cette agression n'existait pas. Elle n'était rien. Jojo l'Enflure pourrait la violer là, personne ne réagirait. Ou peut-être pour leur dire de faire ça ailleurs. Ou parce que ça atteindrait leur pudeur. Merde ! Doggy se mit à grogner. Il s'interposa entre eux. Casse-toi enfoiré de merde. Jojo l'Enflure eut quand même un mouvement de recul. Il jeta un regard assassin à Lénita, lui cracha au visage, se releva et partit pendant que Doggy continuait de montrer les crocs. Elle le suivit des yeux, un tel soulagement dans le ventre qu'elle en pleura. Elle prit son chien par le cou.

— Merci ! Merci mon Doggy ! C'est toi que j'aime le plus au monde !!

Elle l'embrassait en lui disant des mots d'amour et, ce faisant, attendrit une famille qui lui laissa un billet de cinq. Ouais, les chiens ça attendrit plus que les gens. Allez savoir pourquoi. À Paris, des enfants dorment dans les rues, des familles sous des tentes, mais un chien c'est ça qui est vendeur. OK. Lénita ne cherchait même pas à comprendre. Elle serait comme eux si elle n'avait pas vécu ça. Faut pas croire qu'on échappe comme ça à sa condition d'homme. L'humain est un produit. Un produit bien empaqueté. Elle était cynique mais elle s'en foutait. Quel monde de merde. Elle rangea son spectaculaire butin de la journée dans une poche de son sac. Elle avait largement de quoi bouffer pour quelques jours grâce à Delattre. Merci Delattre.

Elle allait voir si Jody était OK pour garder Doggy le temps qu'elle aille aux bains-douches. Mais Jody était introuvable. Elle se pointa devant le bar où elle bossait, sans succès. Elle se posta en bas de l'immeuble. Comme elle n'était toujours pas là deux heures plus tard, elle attendit qu'une dame passe par l'entrée principale. C'était un vieil immeuble. Jody et elle devaient normalement rentrer par le sous-sol. L'ancienne entrée des femmes de chambre. Elle réussit à bloquer la porte. Il fallait que le local poubelle soit ouvert pour pouvoir rejoindre les escaliers qui menaient à l'appartement de Jody. Ce fut le cas. Elle se précipita jusqu'en haut des marches et s'installa devant la porte de l'appartement. Ici elle était en sécurité. Et puis elle avait à manger pour ce soir. Elle souleva une latte usée du plancher et y cacha sa prise du jour. Elle essayait d'avoir en permanence quelques euros de côté. Là elle en avait vingt-cinq. Chiffre chance. Quand elle aurait vingt-cinq ans, elle toucherait au moins le foutu RSA. Elle était déjà majeure quand sa mère avait disparu. Genre dix-neuf ans et des poussières. Et c'était une droguée. Elle avait compris que personne ne voudrait jamais d'elle. Tout le monde lorgnait les traces sur ses bras, ses cheveux filasses et gras et ses cernes. Elle n'avait pas de famille. Elle n'était qu'une femme. Et une droguée. Fallait avouer qu'elle cumulait les problèmes.

Jody ne rentrerait pas ce soir. C'était ça l'inconvénient. Jody ne voulait pas qu'elle ait de clé. Elle ne lui faisait pas totalement confiance. Rapport aux bijoux surtout. Mais elle se sentait pourtant responsable d'elle. À sa manière. Elle dormirait sur le palier mais ça lui convenait. Au moins elle avait un couloir pour la protéger. Elle était chanceuse d'avoir rencontré Jody. Il allait pleuvoir en plus. Elle avait même accès aux chiottes et il y avait un lavabo. Elle pourrait se faire une toilette sommaire. Sa serviette était bien au sec dans son sac. Elle se déshabilla et s'enferma en sous-vêtements dans les toilettes. Doggy grattait à la porte. Demain elle irait faire une lessive. Elle avait assez. Avec les tampons à acheter elle serait obligée de taper dans sa cagnotte mais bon. Pas le choix. Elle repensa à Delattre. Si elle la voyait demain, elle pourrait lui demander directement de lui en acheter. À moins qu'elle soit partie en vacances. C'était peut-être pour ça sa phrase bizarre de tout à l'heure.

Ouais. Pas convaincant. Les vacances ça fait briller les yeux, ça les éteint pas. Après s'être nettoyée et changée, elle nourrit Doggy. Son chien manquait de rien. C'était hors de question ! Il n'aurait jamais faim. Elle se l'était promis. Des fois elle se demandait quelle serait son existence sans lui. Monde de merde !

Elle fit le compte de ce que Delattre lui avait acheté. Du taboulé. Des compotes en tube. Des pommes. Du pain. Un paquet de pâtes. Des gâteaux. Des Tuc... Elle ouvrit le paquet et croqua dedans. C'était trop bon ces conneries-là. Delattre lui avait pris à boire. De l'eau et du jus d'orange. Et une tablette de chocolat. Une tomate aussi. De la semoule et même des œufs. Énumérer à haute voix toutes ses denrées la rassurait les jours où elle angoissait un peu trop. Elle allait se faire un festin avec Jody. Elle ouvrit le taboulé et l'engloutit avec un morceau de pain. Doggy gémit. Il avait envie de pisser. Elle allait devoir bloquer la porte en bas. Elle le sortit tandis qu'une pluie fine s'abattait sur Paris. En revenant, elle extirpa un livre de son sac. Elle adorait s'en procurer. Ça faisait pas mal sourciller les passants de la voir lire. Comme quoi elle n'était pas invisible. Juste dérangeante. Quand elle lisait, elle vivait une autre vie. Parfois pire, parfois meilleure. Si elle avait été une autre, elle aurait écrit un bouquin. Elle était assez douée pour écrire. Madame Trousseau, sa professeure de français en troisième, lui avait dit ça un jour. C'était assez rare qu'on lui fasse un compliment pour qu'elle s'en souvienne et que ça lui réchauffe le cœur. Son livre, ça aurait parlé d'une histoire de chien. Un truc du genre « *Les tribulations d'un chien de rue* ». L'intrigue s'achèverait lorsque le chien, qu'on aurait suivi avec émotion depuis le début, crevant de faim, de froid, maltraité par les hommes, s'avérerait n'être en fait qu'un gars. Un pauvre gars comme les autres. De chair, d'os. Un humain. Et là double peine. Le lecteur, pris d'une indicible pitié pour le chien, aurait été ramené à sa condition et à la façon dont sont traités ses semblables. Traitement qu'il ne supportait pas de voir s'appliquer sur un chien. Le livre serait triste et glauque. Bien fait ! Elle s'endormit tranquillement vers 1 heure. Heureuse d'être au chaud, avec Doggy, en sécurité. Loin de la cruauté du monde. Hors de la rue.

Le lendemain elle se réveilla tôt. Pas de Jody en vue. Elle fit d'abord un tour au lavomatique puis s'installa à son endroit habituel. Pas de trace de Delattre. Tant pis pour les tampons. L'anecdote la plus marquante de la journée fut sans doute lorsqu'une gamine se pissa dessus et que sa mère fondit en larmes. Dépassée par les événements, la daronne. Enfin, un cul trempé de pisse, il y avait pire. Elle aussi avait le cul humide, assise sur un carton gondolé, à cause des intempéries de la veille. Le soir, Jody était enfin de retour. L'appartement sentait le renfermé alors elles firent un brin de ménage. Jody nettoyait tout, tout le temps, et tenait à ce que Doggy et elle soient propres. Sinon c'était dehors. Lénita lui demanda si elle pouvait garder le chien le temps qu'elle file aux bains-douches. Jody lui proposa d'utiliser la douche de l'appartement. Mais seulement sous promesse qu'elle la repasserait ensuite à la Javel. Ce qu'elle fit. Jody était cool mais maniaque. Quand Lénita s'était déshabillée, Jody avait tourné les yeux, pris un rouleau de PQ et était partie chier. Ensuite, elles se firent un gueuleton de princesses. Pâtes, sauce tomate et gruyère. En dessert, chocolat et brioche. Jody avait allumé la télévision et regardait un film tout en s'activant autour d'une paire de boucles d'oreille ovales qui devaient peser une tonne. Lénita somnolait sur son matelas avec Doggy. Elle surprit Jody qui la regardait.

— Quoi ?

— Je voulais te dire… Loan, tu sais ma pote dont la grand-tante est proprio de l'appart, a trouvé un boulot. Elle va prendre son appart… Et elle aimerait qu'en parallèle on lance un site de vente de mes bijoux ensemble…

— WOW stylé ! Toi qui en rêvais !

— Elle m'a proposé qu'on soit coloc…

— Cool.

— Tu comprends ce que ça veut dire ?

— Ouais, t'inquiète j'ai compris.

Ça voulait dire qu'elle n'aurait plus de toit où dormir avec Doggy. Que c'était reparti pour la rue. Pour les viols. Pour la peur. La galère. Le noir.

— Hey ! Ça ne veut pas dire que je te laisse tomber, Lénita. Tu pourras continuer à venir chez moi. J'ai vu avec Loan, elle est d'accord. Mais il faut qu'on te trouve un boulot. Que je puisse être sûre que tu ne vas pas un jour te barrer avec des trucs à moi sous le bras et ne jamais revenir.

Ça y est Jody avait enfin lâché le morceau.

— Ouais, Jody, t'es mignonne mais je suis une SDF, pas une voleuse, hein. Tes bijoux c'est pas mon style en plus. Tu me vois porter ça ?

Elle attrapa une grosse barrette en perles vertes brillantes et l'attacha sur le dessus de sa tête. Jody et elle explosèrent de rire et Doggy, pour fêter ça, courut comme un fou autour d'elle en aboyant.

— Désolée, je sais que je suis nulle de te dire ça. Je suis méfiante avec les gens. Une sale habitude.

— Je sais, t'inquiète. Je serais comme toi à ta place, j'imagine. Mais bon ça fait quelques mois maintenant que tu me connais. Tu m'as plus aidée que n'importe qui et je te ferai jamais ça. T'as pas besoin de te méfier de moi.

— T'as raison. J'ai surtout besoin de croire que je vais sortir de la merde, Lénita. J'ai plus envie de compter mes thunes en fin de mois pour savoir si je vais pouvoir bouffer. Plus envie de me passer de chauffage. J'ai envie qu'on porte mes bijoux, que ça marche. J'ai envie de passer mes soirées au chaud les pieds dans des pantoufles, mes bagues aux doigts à mater *Titanic* avec un frigo plein. Je n'y croyais plus trop parce que les gens comme toi et moi on n'a pas eu le droit au même traitement que les autres pour le moment.

— Ouais je sais...

— Mais je ne te laisse pas, Lénita. Impossible. Tu viendras chez moi. J'ai droit à un morceau d'espoir et je le partage avec toi. Si tu l'acceptes.

Lénita était paumée. Un morceau d'espoir ? Elle vivait au jour le jour et ne savait pas ce qu'elle pouvait être demain. La capacité à se projeter l'avait quittée. À quoi servaient les théories et les rêves quand on devait chercher à être propre et à avoir le ventre plein tout en évitant les agressions ? Les rêves étaient si inaccessibles qu'ils la détruiraient. Et Jody, mieux placée que les autres pour connaître ces difficultés, débarquait et lui disait : « Trouve un boulot. Je t'aide en attendant même si moi c'est aussi la galère ! » Et si elle n'était personne ? Si au bout du compte elle n'était qu'une extension de son bout de trottoir ? Il fallait qu'elle réfléchisse. L'important était de ne pas dormir dehors.

Le lendemain, de nouvelles heures, le cul vissé au sol, s'annonçaient. Elle aurait le temps de réfléchir. Bien sûr elle avait déjà cherché du boulot.

L'étape du CV posait problème. Sur quel ordinateur l'écrire ? Quoi mettre comme expérience ? Où postuler ? Quelle adresse inscrire ? Comment l'imprimer ? Une fois cette montagne surmontée, elle n'avait rien trouvé. Non merci mais non quand même. Pas assez formée. Mais comment se former ? Et en quoi était-elle douée ? Ce jour-là il ne se passa pas grand-chose. Le vendredi, elle croisa la petite vieille aux chapeaux. Classe la mémé ! Elles s'entendaient bien. La grand-mère avait l'air du genre un peu soixante-huitarde bourgeoise sur le retour. Un peu sage mais sûrement hyper dévergondée en son temps. Lénita avait le chic pour reconnaître les mamies qui ont été les plus coquines. Celle-là c'était certain. Quand elle la vit, elle l'interpella :

— HEY OUAIS LA VIEILLE. Trop cool que tu sois là. Viens faire un bisou à Doggy.

La mémé s'était déjà avancée vers elle.

— Bonjour Lénita, monsieur Doggy, ravie de vous revoir. Alors comment ça se passe pour vous deux aujourd'hui ?

— Bien bien. Il me manque un peu de thune pour pouvoir dire que ma journée est une réussite, mais ça va.

La grand-mère comprit le message et lui tendit en douce, comme le ferait une mamie souhaitant partager un secret avec sa petite-fille adorée, un billet de cinq euros. Lénita le prit et s'apprêtait à le fourrer au fond de son sac quand elle surprit un regard posé sur elle. Une grande bringue aux cheveux noirs comme le fin fond d'un trou du cul, aux yeux de biche d'un vert de vieille vase pourrie, affublée des fringues les plus conformes à ce que l'on attendait de la bourgeoise 2.0, la lorgnait. La meuf était belle ceci dit. Du genre à qui on fait la cour. Ce n'était pas trop le cas de Lénita. Ça la mit en rogne de se faire reluquer comme ça.

— Qu'est-ce t'as, pétasse ? T'as jamais vu de clocharde avant ? Pourtant c'est pas ça qui manque ici.

La nana eut l'air surpris mais resta polie en expliquant avec une voix haut perchée qu'elle était avec sa grand-mère. D'une main presque tremblante, ce qui arrangea son cas aux yeux de Lénita, elle désigna la mémé qui confirma ses dires. C'était effectivement sa petite-fille Jeanne.

— Ah… Salut Jeanne. Pardon hein. C'est juste que les meufs comme toi qui me regardent de haut, je peux plus supporter. Le prends pas perso.

— Non non t'inquiète. Je comprends.

— Vraiment ? Tu comprends…

Là-dessus Lénita explosa. De rire. C'était trop drôle ! Triste aussi. S'il existait une personne qui ne la comprenait pas, c'était bien cette Jeanne avec son jean qui lui moulait le cul à la perfection, sa casquette qui criait *« j'ai essayé de m'habiller sans me prendre la tête mais en fait je me suis pris la tête »* et son sac qui coûtait plus que ce qu'elle-même pouvait dépenser et gagner en trois ans à faire la manche. Mais elle disait qu'elle comprenait. C'était tordant ! Comme à chaque fois que Lénita riait, Doggy aboyait joyeusement en remuant la queue. Elle le calma d'une caresse sur la tête. La fille était un peu stupide de présumer qu'elle pourrait comprendre mais bon, elle n'avait pas l'air mauvaise. Elle ne la regardait pas avec pitié. Elle semblait tellement enfoncée dans ses propres soucis qu'elle devait s'occuper de son propre cul plutôt que de renifler l'atmosphère de celui des voisins d'un air méprisant.

— Tu nous fais bien rire avec Doggy.

La vieille passa un bras sous celui de sa petite-fille qui ne savait plus quoi dire ni comment réagir. C'était souvent le cas. L'ancienne fit mine de ne pas avoir entendu l'échange et annonça qu'elle devait prendre la tangente car c'était l'heure de son rendez-vous kiné.

Ah ! Elle allait chez Delattre. D'ailleurs, ça faisait penser à Lénita qu'elle n'avait pas pu acheter de tampons. Elle avait préféré prendre des croquettes pour Doggy. Elle avait mis du papier toilette dans sa culotte. Elle n'avait pas revu Delattre depuis mardi. On était vendredi. Bizarre. Delattre devait être trop occupée. Peut-être qu'elle apportait directement sa bouffe au cabinet depuis deux jours, à moins qu'elle soit vraiment partie en vacances. Lénita haussa les épaules.

— OK, passe le bonjour à Delattre. Ça fait deux trois jours que je ne l'ai pas vue. Mardi soir, je crois.

— Oui, je lui dirai.

— Salut la vieille. Salut la belle.

— Au revoir Lénita, lui lança la belle Jeanne avec un sourire.

Ouais, allez salut. Oublie pas de raconter à tes copines que ta mamie est une sainte et qu'elle offre le peu qu'elle a à ses semblables dans le besoin. Histoire que tu puisses te faire mousser par procuration. Ça y est, elle était une fois de plus en rogne. Quel sacré monde de merde !

À peine dix minutes plus tard, elle releva la tête de la cigarette qu'elle était en train de rouler et tomba nez à nez avec Jeanne. Elle était revenue sur ses pas et la regardait avec une tronche figée comme si quelqu'un lui avait balancé un saut d'eau glacée sur la tête. Ça faisait presque peur. Si Lénita s'était réveillée avec une tête pareille à côté d'elle, ça aurait même pu être carrément flippant.

— Il y a un malaise, la belle ?

Il s'avéra que la petite Jeanne venait s'enquérir de son bien-être. En vérité, Lénita devait bien l'admettre, Jeanne la faisait franchement marrer. Mais gentiment. Elle sentait qu'elle était face à une fille plutôt cool dans le fond. Elle lui donna dix euros qui suintaient la culpabilité d'être privilégiée et de se retrouver face à quelqu'un qui n'avait pas eu cette chance. Jeanne hésitait. Semblait s'excuser. De quoi ? De vivre ? Bah non ma poule. Le monde est merdique, bienvenue. Mais bon, Lénita avait pas non plus envie de lui tapoter l'épaule pour la consoler. Elle avait ses limites. Jeanne partit avec la promesse de la revoir bientôt.

Le reste de la journée passa sans trop d'accrocs. Au moins elle n'avait pas recroisé Jojo l'Enflure. Sa décision était prise, elle allait suivre Jody. Lui faire confiance. À elle et à son bout d'espoir comme elle disait. C'était pas comme si on l'attendait ailleurs. Elle regardait autour d'elle et s'attarda sur deux employés du magasin. L'une semblait horrifiée pendant que l'autre racontait quelque chose avec animation. Elle tendit l'oreille. Une histoire de merde. Invraisemblable. Gerbant. Glauque au possible.

Ce n'est qu'à la fin qu'elle comprit. Les employés connaissaient les concernés. Elle aussi. Un peu. Elle eut envie de dégueuler. Il fallait qu'elle s'assure par elle-même que c'était vrai. Elle se leva, suivie de son Doggy, et se dirigea vers la place de la Nation. Cela ne servirait peut-être à rien mais c'était le seul moyen pour en savoir plus.

Monde de merde.

La main tendue

Après ses courses, Elisa se retrouva prise dans des embouteillages. Elle travaillait à Nation et habitait à Boulogne. Pas tout à fait la porte à côté. Loïc ne voulait pas qu'elle prenne le métro. Il avait confisqué sa carte bleue et vérifiait régulièrement le compteur kilométrique de sa voiture. C'est lui qui se chargeait de faire le plein. Combien restait-il de liquide après les courses ? Son cœur et son esprit n'avaient de cesse de la ramener au lendemain. Plus que quelques heures à tenir.

Arrivée chez elle avec deux heures de retard, Ani, la nounou, son ange gardien, avait déjà fait manger Lucie, lui avait lu une histoire et l'avait couchée.

— Elisa, je suis désolée mais je dois partir… Mon fils rentre à la maison pour les vacances et…

— Ani, c'est moi qui te présente mes excuses, je ne pensais pas que je mettrais autant de temps. Un taxi t'attend en bas. J'ai déjà réglé, j'espère que ça suffira. Tu vas pouvoir en profiter, je ferme le cabinet quelques jours à cause du dégât des eaux… Je t'ai envoyé un message…

Une migraine lui martelait le crâne et elle devait encore faire à manger pour elle et son mari. Continuer un peu le ménage. Il détestait quand elle n'avait pas passé l'aspirateur. L'appartement était toujours plus propre mais ce n'était jamais assez pour Loïc. Elle regrettait le temps où, habitant avec sa sœur Cécile qui poussait la maniaquerie jusqu'à ranger toutes les chambres de la maison, elle n'avait pas besoin de se soucier de la propreté. Il fallait également vérifier que ses affaires étaient prêtes. Qu'elle n'oubliait rien. Elle repensa à l'itinéraire qui l'attendait. Elle ne pourrait pas prendre un taxi, il ne lui restait que quinze euros pour acheter des sandwichs et du jus d'orange.

— Oui, je l'ai vu et je ne peux qu'approuver. C'est un signe du destin. Dieu te demande de te reposer. Tu es surmenée en ce moment. Avec ton collaborateur en vacances, ce n'est pas étonnant. Repose-toi pendant ces deux jours. L'école n'est pas finie en plus, tu auras plein de temps pour toi. Je vous ai fait à manger. Ce ne sont que des lasagnes mais je sais que tu les aimes. J'ai également briqué l'appartement cet après-midi, alors tu allumes le four et tu mets les pieds sous la table.

Elisa aurait voulu la serrer contre elle, la remercier. Elle aurait voulu qu'Ani l'emmène avec elle. Elisa voulait une mère. La sienne réchauffait ses vieux os sous le soleil de La Réunion. Elle lui envoyait des photographies tous les jours, les implorant de venir passer leurs vacances sur l'île. Martine était si loin. Elle était partie, il y a dix ans, en enjoignant à ses filles de rester fortes et combatives. Elle était persuadée que chacune avait trouvé sa voie et se sortirait de toutes les situations. Comment allait-elle réagir quand elle apprendrait ? Elle pouvait enfin penser à elle. Martine les avait laissées, et Elisa, bien que très compréhensive, lui en voulait sans pourtant avoir osé le dire. Cécile, loin d'avoir autant de scrupules, se disputait avec elle dès qu'elles se parlaient plus de vingt minutes au téléphone. Généralement, l'appel se terminait par des larmes des deux côtés avec la promesse de ne plus se reparler, pour finalement recommencer quatre jours plus tard comme si de rien n'était.

— Tu es un ange, Ani. Merci, merci pour tout. Heureusement que tu nous as trouvées…

— Je n'ai rien fait. C'était notre destin à toutes les deux de nous rencontrer.

Oh non, Elisa sentait qu'elle allait se remettre à pleurer. Pas maintenant, pas devant Ani. Surtout pas. Son portable sonna. Elle se détourna en faisant mine de chercher son portable. Elle essuya ses yeux discrètement pendant qu'Ani réunissait ses affaires. Elle la prit dans ses bras pour lui dire au revoir. Ani faisait partie de ces femmes à l'équilibre si bien ancré qu'elle attirait magnétiquement tous les oiseaux blessés vers elle. Des femmes qui ont pourtant tant à raconter mais qui ne parlent que pour l'autre. Pour qu'il s'apaise. Elisa la regarda s'éloigner et voulut s'agripper à elle. Ne plus être seule dans cet appartement.

Ani

La journée avait paru interminable et elle n'était pas fâchée de la voir s'achever. Amine, son mari, dormait devant la télévision. Le son de ses ronflements emplit l'entrée de leur appartement de banlieue tandis qu'elle poussait la porte, un plat de lasagnes à la main. Quand elle cuisinait pour Elisa et Loïc, elle s'arrangeait pour en faire deux portions de plus, une pour elle et une pour Amine. Aujourd'hui, comme Sohan rentrait, elle avait préparé un plat entier. Son fils avait toujours été un gros mangeur. C'est une inquiétude de moins pour une mère. Avant d'avoir un fils, elle n'imaginait pas que l'appétit de quelqu'un puisse l'inquiéter à ce point ni que voir manger une autre personne suffise à lui procurer un tel soulagement. Mais quand, vingt ans plus tôt, Sohan était entré dans leur vie et avait illuminé leur existence de sa présence, elle avait compris. Amine lui avait avoué plus tard que ça l'avait angoissé aussi, comme mille autres choses. A-t-on bien fermé la porte du placard où sont rangés les produits ménagers ? Risquait-il de s'étouffer avec sa peluche ? Cette toux était-elle normale ? Quand on devient parent, les petits tracas du quotidien ne disparaissent pas et s'accompagnent désormais de nouvelles angoisses. Et de culpabilité. Elle n'avait plus jamais dormi profondément depuis sa naissance. Son sommeil avait changé. Une part d'elle tendait toujours l'oreille. Même depuis qu'il avait intégré une école d'ingénieurs et qu'il n'habitait plus à la maison. Elle se dirigea vers la cuisine pour y déposer son plat avant de réveiller son mari. Amine sursauta en poussant un petit cri quand elle le secoua puis rigola en la voyant :

— Ah ! ma femme veut me faire peur ! Comment va mon soleil ?

Amine était un homme adorable. Fort et trapu, il n'avait jamais réussi à se faire pousser une barbe digne de ce nom, la sienne avait des trous et le complexait, il se rasait donc de près. Il avait travaillé toute sa vie dans le BTP et était passé chef d'équipe dès l'âge de vingt-huit ans. Cinq ans plus tard, il montait sa propre entreprise, qui avait plutôt bien fonctionné. Ils avaient pu acheter leur appartement. Malheureusement, lorsque avait sonné la cinquantaine, Amine avait le dos brisé. Son travail n'y était pour rien. Comme son père avant lui, il souffrait de lombalgie chronique qui n'allait pas en s'améliorant avec l'âge. Le médecin, plutôt alarmiste, l'avait encouragé à freiner son activité. Il avait revendu les parts de son entreprise et avait pris une retraite anticipée cinq ans plus tard. Aujourd'hui, à soixante ans, il occupait ses journées en se baladant dans leur quartier, en s'investissant dans la vie de leur petit immeuble, en s'occupant des réparations des parties communes, des menus travaux des voisins, en se liant avec les retraités qu'il croisait au café ou en rangeant l'appartement de fond en comble. Il n'osait pas le dire à sa femme, mais le fait qu'elle ait dû reprendre une activité professionnelle à l'aube de la soixantaine lui pesait beaucoup. Il était de la vieille école. De ceux qui pensent que les hommes doivent subvenir aux besoins de leur famille. Ne plus travailler le minait. Ils n'étaient pas vraiment dans le besoin mais Sohan avait un loyer à payer pour ses études. Il avait travaillé si dur pendant les deux années de classe préparatoire pour obtenir son ticket d'entrée dans une grande école d'ingénieurs qu'Anissa lui devait au moins cela.

Et elle était tombée sur Elisa. Par hasard. À l'époque, elle cherchait un bon kiné pour son mari. Elle voulait le meilleur. Humainement parlant surtout. Elisa semblait être la bonne personne. Anissa avait accompagné Amine une fois au cabinet, un vendredi matin où Lucie, très enrhumée, avait dû suivre sa mère faute de crèche et de père disponibles. Elisa semblait dépassée ce jour-là. Elle avait des cernes et s'était blessée à la cheville la veille en ratant un trottoir alors qu'elle courait. Elle portait une attelle et avait des bleus sur les bras. Anissa s'était occupée de la fillette pendant l'heure qu'avait duré la séance. Lucie et elle s'étaient tout de suite adorées. C'était elle qui la première avait surnommé Anissa « Ani ». Anissa rêvait d'une petite fille. Elle aurait voulu que son fils puisse avoir une sœur. Mais Dieu en avait décidé autrement et Amine et elle n'eurent pas d'autre enfant que leur petite étoile de bonheur à eux. En sortant du cabinet, Elisa lui avait glissé, d'un air complice : « Si un jour vous voulez être nounou… » Le destin les avait réunies. Il se trouvait qu'Anissa avait été assistante maternelle. Elle avait arrêté quand Sohan était devenu trop grand et qu'il avait besoin d'une maison calme pour étudier. C'est comme ça qu'il y a un an elle était entrée dans la vie d'Elisa, de Lucie et de Loïc. Elle n'était pas spécialement emballée par ce simulacre de père, cet époux rigoureux et maniaque, chirurgien orthopédiste, très prompt à lui fournir des conseils pour la colonne vertébrale de son mari mais qui n'avait jamais proposé de le rencontrer. Anissa avait un mauvais pressentiment à son égard. Bien qu'il soit au premier abord plutôt banal, Anissa n'aimait pas la façon qu'il avait de fixer les gens quand il pensait qu'ils ne le voyaient pas.

Ce regard par en dessous était le signe de la fourberie. Anissa avait découvert il y a peu qu'il avait une liaison. Elle avait vu Loïc embrasser une autre femme dans une voiture non loin de chez eux. Elisa méritait mieux. Beaucoup mieux. Mais elle n'était personne pour se mêler des histoires de couple des autres. Elle refusait de paraître intrusive. Peut-être qu'Elisa connaissait et acceptait cette aventure ? Elle ne semblait pas heureuse, mais Anissa ne pouvait pas s'en mêler de trop près. Ce soir pourtant, elle avait bien vu les larmes dans les yeux d'Elisa, qu'elle considérait bizarrement comme sa grande fille. Elle regrettait qu'Elisa se ferme à elle. Elle attendrait patiemment, les bras grands ouverts pour accueillir tous ses problèmes le jour où elle se sentirait enfin prête à les partager. En attendant, elle lui rendait tous les services dont elle était capable. Elle avait fini par devenir la femme de ménage, la nounou, la cuisinière, et elle aurait sans doute été le taxi si elle avait appris à conduire un jour. Amine trouvait que c'était trop et surtout qu'elle n'avait pas à se mettre en quatre pour un couple de riches et jeunes trentenaires. Lui aussi appréciait Elisa, mais sa femme n'était pas assez payée pour endosser les responsabilités d'une famille supplémentaire alors que c'était elle qui approchait de la soixantaine et avait besoin d'être chouchoutée. Mais pour le moment elle était en vacances. Cinq jours de pause s'annonçaient.

Cinq jours à profiter de son fils et de son mari sur lequel, justement, elle reporta son attention.

— Coucou petite lune. Où se cache notre fils ?

— On a regardé le match ensemble et puis il est sorti rejoindre une fille sur Paris. Je lui ai donné de l'argent pour qu'il revienne en taxi. Je ne veux pas qu'il prenne le métro.

— Oui, tu as bien fait. J'espère qu'il va faire attention.

— Ne t'inquiète pas pour lui mais plutôt pour ton mari qui n'a même pas eu son bisou du soir ! Comment un mari peut vivre sans un bisou du soir ?

Elle rit et s'assit sur les genoux d'Amine en lui baisant doucement les lèvres.

— Tu es rentrée tard…

— Oui, Elisa a été retardée au travail et par les courses. Elle a du mal à gérer toute seule.

— Hum. Pas mal de femmes s'en sortent très bien sans aide. Regarde-toi, un mari incapable de se faire cuire un œuf et un fils qui ne sait pas nettoyer la salle de bains, et pourtant tu t'en es sortie. Même si ça nous a valu de sales moments avec Sohan.

Il partit dans un éclat de rire quand elle fit mine de lui frapper sur la tête avec le plat de sa main.

— Trêve de plaisanterie ! Notre petite Elisa a un mari, non ?

— Oh il ne fait pas grand-chose celui-là ! C'est un paresseux. Il se donne des grands airs, mais ce n'est que du vent !

— Ohoho j'avais oublié que ma femme ne l'aime pas beaucoup. Tu t'agaces dès que tu en parles.

— Oui, j'ai du mal avec lui mais je suis peut-être un peu dure. On s'en fiche, laissons cet homme dans son appartement grandiose à Boulogne. Je préfère l'autre, son collaborateur, Marc. Lui au moins s'intéresse sincèrement aux gens. Tu te rappelles quand il t'avait proposé de te prendre à la place d'Elisa quand elle était malade ? Le jour où Lucie était partie à Disneyland avec son père ? Toujours serviable, présent pour Elisa. Lui, ce Marc, je l'aime bien.

— Oui, et j'imagine que le fait qu'il soit très beau n'a rien à voir là-dedans…

Cette fois, elle lui frappa bel et bien la tête du plat de la main avant de se lever.

— Raconte-moi ta journée pendant que je mets les lasagnes au four.

Amine lui raconta les détails de sa journée, depuis son réveil, jusqu'au déjeuner qu'il avait pris avec Rayan, leur voisin du rez-de-chaussée, fondateur d'un collectif qui venait en aide aux sans-papiers. Un homme apprécié des jeunes et en qui les vieux avaient confiance. Un type qui militait avec ardeur pour un monde plus juste. Il était musicien et avait pressenti que Sohan serait un garçon doué pour les études. Il lui avait conseillé un nombre incroyable de livres. À dix ans, Sohan avait lu plus que son père et sa mère réunis. Très vite, ses parents ne lui avaient plus suffi pour répondre à ses questions sur le sens de la vie ou l'existence du bonheur. Anissa avait senti que son fils avait besoin d'être stimulé. Il faisait de la guitare, du piano et du foot, s'intéressait au dessin. Ils avaient été un moment dépassés par l'érudition de Sohan qui perturbait pourtant sa classe et refusait de travailler. S'isolait de ses camarades. On avait fini par comprendre qu'il s'ennuyait. Les professeurs le disaient très en avance. Il avait sauté une classe. Ses parents étaient si fiers de lui que parfois ils avaient les larmes aux yeux en le regardant. Leur miracle. Le four sonna. Les lasagnes étaient prêtes.

Elle en servit une grosse part à son mari et une petite pour elle. Elle voulait faire attention. Elle avait plutôt des grosses cuisses et ses hanches avaient pris leurs aises ces derniers temps. L'approche des soixante ans sans doute. Amine appelait cela les belles dunes de l'amour. Mais les dunes tendaient à devenir des petites montagnes et Anissa trouvait cela déplaisant. Après avoir débarrassé la table, fait la vaisselle et nettoyé la cuisine, elle se sentit prise d'une grande lassitude. Il fallait qu'elle dorme. Amine avait éteint la télévision, et patientait, les pieds bien au chaud dans ses pantoufles de grand-père. Elle ferma le verrou du haut de la porte d'entrée et prit soin de ne pas laisser les clés dessus pour que Sohan puisse rentrer sans sonner. Qui sait, peut-être qu'il dormirait chez cette fille qu'il était parti voir ? Elle n'aimait pas beaucoup quand il découchait mais elle devait se rappeler qu'il était grand désormais. Elle laissa la porte de sa chambre entrouverte afin d'être certaine de l'entendre, ce qui ferait disparaître cette anxiété diffuse, tapie dans le fond de son ventre dès qu'il partait en vadrouille. Elle s'endormit rapidement. La fatigue l'avait rattrapée. Elle rêvait qu'elle était bloquée dans des escaliers face à deux portes. Elle savait qu'elle aurait dû ouvrir la porte de droite mais quelque chose l'en empêchait. C'était idiot pourtant, elle voulait ouvrir la porte de droite mais sa main n'obéissait pas. Elle se rabattit sur la porte de gauche. Elle menait à un appartement très simple. Le sien. Son mari et son fils l'attendaient gentiment. Elle s'assit à leurs côtés. Le téléphone sonnait. Elle discutait. Mais le téléphone sonnait de plus belle. Elle voulut décrocher mais il n'y avait aucun téléphone. Pourtant, elle l'entendait bien cette fichue sonnerie. Elle se réveilla en sursaut. La sonnerie du téléphone retentissait dans l'appartement plongé dans le noir. Elle regarda l'heure. 2 h 10 du matin. Qui pouvait l'appeler ? Elle fut prise d'une bouffée de panique en pensant à Sohan et se précipita hors du lit pendant qu'Amine ouvrait les yeux, paniqué. Elle décrocha :

— Oui, c'est pour quoi ?

Cette voix.

— Qu'est-ce que… Mon cœur… Tu peux aller à la porte, mon cœur ?

Elle était désorientée mais elle devait se reprendre.

— Parfait. Alors, ouvre la porte, s'il te plaît.

— Bien, mon cœur. Bravo. Maintenant tu vas en face, chez monsieur et madame Taunais, et tu frappes. J'attends avec toi. J'attends, mon cœur. Tape plus fort pour les réveiller. Appuie sur la sonnette.

C'était un cauchemar. Elle allait se réveiller dans son lit, se lever et préparer le petit déjeuner de son fils qu'elle étreindrait contre son cœur.

— Ils sont là ? Passe-les-moi, s'il te plaît… Monsieur Taunais, c'est Anissa, oui. Oui… Je ne sais pas, ce n'est pas clair. Allez voir.

Le vieux, d'une lenteur exaspérante en règle générale, comprit que la situation était urgente, et fut plus prompt à agir que d'habitude. Aux cris qu'elle entendit, le pire semblait se confirmer. Elle ne devait pas flancher. Garder la tête froide. Elle s'adossa au mur tandis que monsieur Taunais s'affolait.

— Appelez les pompiers. La police. J'arrive. Dites-lui que j'arrive surtout !

Elle retourna dans la chambre où son mari l'attendait, inquiet.

— Que se passe-t-il ? chuchota-t-il.

Il paraissait si fragile dans son pyjama, le visage creusé par les années mais la même étincelle de vie dans le regard.

— Réponds-moi, Anissa !

Anissa était pressée par le temps, elle voulait arriver le plus rapidement possible.

— Prends ton manteau ! Je t'explique dans la voiture.

Ils se précipitèrent hors de l'appartement. Pour ne pas céder à la panique, ou peut-être parce qu'elle y cédait justement, Anissa fredonnait cette rengaine de chiffres qu'elle lui avait fait apprendre par cœur en cas de danger. Son numéro de téléphone en cas d'urgence. Comment aurait-elle pu savoir que ce jour viendrait ?

La force qui nous habite

Lucie dormait profondément, du sommeil des justes. Du sommeil de ceux qui n'ont rien à se reprocher et aucune culpabilité à étouffer dans l'ombre d'une chambre, au creux d'un oreiller détrempé de larmes. Elisa referma doucement la porte de la chambre de sa fille et lut le message qu'elle avait reçu avant le départ d'Ani. Elle pensait trouver un message de sa mère accompagné de l'habituelle photographie de son île d'adoption, mais il s'agissait de Gabrielle.

« Ok Timou. Je serai là vendredi et je prends du vin. Je sens qu'on va avoir mal au crâne. Sinon ouais ça va. Je te débriefe vendredi. Prends soin de toi. Tu nous manques et on t'aime. »

Combien de temps resta-t-elle à pleurer dans sa cuisine, son portable à la main ? Elle ne sut pas le dire. Les sanglots l'envahissaient sans qu'elle pût en endiguer le flot. Elle pouvait à peine respirer et se haïssait de craquer maintenant. Sans personne pour la prendre dans ses bras. Sans aide. Quelqu'un. Elle voulait sa sœur. Sa mère. Elle s'agrippait au plan de travail. Le chagrin, le traumatisme, la peur se mélangeaient. C'était intolérable mais c'était le prix à payer que d'être vivante. Une chance ou un calvaire. Les deux étaient intrinsèquement liés désormais. Exister, c'était souffrir. La vérité la plus dure à admettre pour elle se logeait là. Elle regrettait de vivre. Elle voulait un ailleurs mais elle n'avait qu'un maintenant. Elle rêvait de jours meilleurs et était prisonnière d'un ici. Penser à demain pour tenir aujourd'hui.

Gabrielle

Les clients la regardaient toujours avec insistance. Ils grimaçaient ce qui leur semblait être une charmante œillade séductrice même lorsque, au comble de ce qui aurait dû représenter un moment de réserve et surtout d'effacement de leur part, elle leur apportait leur crème contre les hémorroïdes. Elle remarquait les airs libidineux et possessifs qu'ils posaient sur elle mais faisait mine de ne pas les voir. Elle enrageait d'être sans cesse exposée. Sans cesse sexualisée et désirée par tous ces hommes qui la rebutaient. Elle avait compris très jeune, dès l'âge de douze ans, quand son oncle d'un geste infâme lui avait touché la poitrine pour voir si elle se développait normalement que son corps ne lui appartenait pas vraiment. Elle appartenait au désir des hommes, au désir des forts et des puissants et elle les haïssait. Une colère sourde la rongeait à l'acide en permanence et, bien que d'apparence charmante, elle n'était, depuis ce jour, que rage. Adulte, elle comprenait que des hommes puissent la désirer, mais elle s'indignait que la plupart d'entre eux s'imaginent détenir sur la beauté un droit de jouissance. Comme si leur existence justifiait le droit de disposer de tout, tout le temps. Repenser à son oncle la dégoûtait. Pour ne pas céder à sa grande tentatrice qu'était la colère, elle s'enferma dans ses souvenirs.

Elle avait la tête à mille lieues de là en recherchant frénétiquement le Deroxat d'une cliente. Elle se rappelait la superbe femme avec qui elle avait passé la nuit. Les femmes avaient une saveur très différente de celle des hommes. Leurs baisers, pour commencer, n'avaient aucun pareil. Ils étaient plus tendres et pourtant plus bruts aussi. Les femmes agissaient moins comme propriétaires des corps qui s'offraient à elle. Le temps passait plus vite quand elle se remémorait ses rencontres nocturnes.

Elle regarda l'heure : 18 h 30. Nickel ! Dans une heure elle fermerait la pharmacie. Elle avait reçu une dizaine de messages. Les filles voulaient aller dans ce nouveau bar prisé, le *Lustre doré*. Pourquoi pas après tout ? Elle s'était promis de se reposer un peu, mais le sommeil ne la trouvait pas ces temps-ci. Elle espérait voir Elisa, sa Timou. Sa meilleure amie au surnom idiot qu'elle lui avait trouvé en première année de médecine, il y a une éternité. Gabrielle, quant à elle, était devenue Titou. Des bêtises de gamines mais les années n'y avaient rien changé. Les surnoms étaient restés. Parfois, quand Gabrielle parlait d'elle, elle oubliait que son interlocuteur ne savait pas qui pouvait se cacher derrière Timou. C'était devenu une habitude. Leurs proches les appelaient également Timou et Titou, sans réfléchir. Sa propre mère s'y était mise et ça l'avait fait rire au début même si aujourd'hui elle n'y prêtait plus attention. Bien sûr elle n'aurait pas accepté que ses partenaires l'appellent Titou mais, de la part de ses proches, cela prouvait la valeur de l'amitié qui les liait. Timou et Titou, les inséparables. Les deux doigts de la main.

Gabrielle se faisait énormément de souci ces derniers temps. Son amie était devenue morose. Elle surprenait parfois des regards étranges, différents de ceux qu'elle lui connaissait. Elles ne se voyaient presque plus à l'extérieur. Il fallait que ce soit Gabrielle qui vienne chez elle. Ou à son travail pour un café. Cela faisait si longtemps qu'elles n'avaient pas écumé les bars ensemble, flirté avec des hommes pour rigoler, dormi dans le même lit, ou simplement déjeuné ensemble un dimanche d'hiver avant d'aller s'enfermer dans une salle de cinéma pour voir un film au hasard. Timou adorait le cinéma. Elle était incollable sur les noms des réalisateurs. Ceux des acteurs encore plus. Elle connaissait leur filmographie et les prix qu'ils avaient remportés. Des films, elle en avait vu des milliers. Gabrielle, en ce qui la concernait, n'y entendait rien. Pour elle, un film était un film. Ou l'histoire était bonne ou elle ne l'était pas. Elle ne s'attardait pas sur l'esthétique des scènes, le jeu profond des acteurs ou sur le côté « contemplatif » de l'œuvre. Elle était plus pragmatique. Moins rêveuse surtout. Mais Timou ne rêvait plus ces derniers temps. Elle s'était refermée sur elle-même. Même le ton de sa voix avait changé. Elle était plus brusque dans ses mouvements, plus sèche aussi. Elle faisait mine d'être radieuse et heureuse quand elles se voyaient mais, toute cinéphile qu'elle était, elle n'en était pas moins très mauvaise comédienne. Gabrielle se disait : « À tout le monde, mon cœur, mais pas à moi, s'il te plaît. Je t'en prie, pas à moi. »

Mais que pouvait-elle lui reprocher ? D'être devenue une femme mariée, et une mère pardessus le marché ? Comment pouvait-on dire à une personne aimée que la vie d'adulte responsable l'avait éteinte ? Qu'il fallait qu'elle abandonne sa prison dorée pour enfin vivre sa vie ? Comment pouvait-on dire cela à la personne que l'on aimait le plus et espérer rester amie avec elle ? Devait-on par amour lui dire la vérité quitte à la perdre ? Ou devait-on, encore par amour, jouer le jeu dans lequel elle voulait nous entraîner en espérant que la chute ne soit pas trop brutale et que l'on aura les épaules assez larges pour la ramasser ? Fallait-il critiquer son mari ? L'homme de sa vie ? Était-ce par jalousie que Gabrielle le détestait autant ? Un peu sans doute, mais elle savait que ce n'était pas la seule raison. Elle le honnissait car il était odieux. L'archétype détestable du loup de meute qui avait réussi dans la vie et qui pensait que, de ce fait, l'admiration des femmes lui était due. Gare à celles qui se refusaient à le regarder ou à lui reconnaître la valeur qu'il estimait posséder. Celles-ci se voyaient automatiquement traitées comme des moins que rien. Sans autre forme de procès elles devenaient des « horreurs », des « laideurs », des « idiotes » ou des « hystériques ». Il avait un penchant pour le cruel. Timou et elle l'avaient rencontré lors d'une soirée étudiante quand elles avaient vingt-cinq ans, et Gabrielle l'avait immédiatement méprisé. Il se moquait des filles qu'il jugeait moins jolies en les affublant de surnoms douteux et n'encensait que les femmes qui trouvaient grâce à ses yeux par leurs attributs physiques. Ses amitiés étaient principalement masculines. Les femmes qu'il fréquentait étaient soit les petites amies de ses amis, soit les futures cibles de ses avances grivoises. Les rares filles qui n'entraient pas dans l'une ou l'autre de ces catégories et qui pouvaient tout de même l'approcher, lui et sa bande, étaient soit la sœur de l'un d'entre eux, soit de vagues copines qui, selon leurs propres termes, *préféraient traîner avec des mecs car elles étaient pas trop dans le délire commérage, beauté et romance.* Comme si c'était tout ce qui intéressait les femmes. C'était là une jolie façon de les dénigrer toutes dans l'espoir d'intégrer le cercle si prisé du genre masculin. Une femme ennemie des femmes. Un moyen de survie qui les desservait. Écraser pour dominer. Certaines d'entre elles en reviendraient le jour où elles prendraient conscience que le soutien entre femmes, dans un monde qui les asservit toutes, est précieux. Mais Gabrielle n'était pas naïve. Elle savait aussi que parfois les femmes entre elles étaient leurs pires ennemies. Elle plaignait ces femmes-là. À une époque elle avait dû refréner sa folle envie de leur cracher à la gueule en déversant tout son fiel. Puis elle avait compris que ces femmes avaient adapté leur comportement pour tirer meilleur parti d'un système oppressif. Aujourd'hui elle réussissait à les plaindre en méprisant les hommes qui entretenaient ces comportements merdiques.

Le mari de Timou était un de ceux-là. Elle se rappelait la première fois qu'ils avaient discuté. Il n'avait même pas jeté un œil à Timou. Non, c'était à elle, Gabrielle, qu'il voulait parler. Elle était, depuis la puberté, un objet de fantasme. Elle en jouait parfois et ne voyait pas pourquoi elle devrait en avoir honte, même si la sexualisation permanente de son corps lui pesait. Dans ces moments-là, elle jouait la carte de la vulgarité. Cela décourageait souvent les hommes trop entreprenants à son goût. Loïc voulait l'avoir, comme tous les autres. Elle le savait aux clins d'œil qu'il avait adressés à ses amis. Il faisait rire son auditoire. Et Gabrielle avait tout de suite compris, aux regards en coin qu'elle lui jetait et aux airs détachés qu'elle affichait, qu'il plaisait à Timou. Évidemment, l'imbécile était doté d'un certain charme. Mais ce n'était pas non plus une bombe. La beauté, il la tirait surtout de son regard noir et de son bagout. Elle pouvait au moins lui reconnaître cela, il était drôle. Si on aimait l'humour humiliant et sale. Il lui avait passé la main sur la hanche à un moment sous prétexte de l'aider à se frayer un chemin dans la foule compacte du bar minuscule. Sa fureur avait atteint son comble lorsqu'elle l'avait entendu traiter Timou de « dégueu » avant d'encourager un de ses copains les plus timides à se la faire puisqu'« elle ne devait pas être si habituée à se faire draguer, ça lui ferait sans doute plaisir ». Ce soir-là, Gabrielle avait embrassé un garçon, un de sa bande, devant lui. Elle avait également fait part de son avis à voix haute à Nola, l'une de leurs amies, qui bavait également devant lui, en précisant qu'elle le trouvait « tout à fait médiocre ». Elle savait qu'il écoutait et avait jubilé que son orgueil en prenne un coup.

Elle voulait qu'il comprenne qu'elle le méprisait. Il avait compris.

Leur bande de filles et celle de cet imbécile avaient fusionné. Mais lui n'oubliait pas cette soirée. Elle le sentait aux regards qu'il lui jetait, aux tentatives de discussions sérieuses, aux livres qu'il faisait mine de lire quand elle était là. Quel sombre enfoiré ! Et puis un jour, il s'était intéressé à Timou. Lui qui n'avait jamais eu une seule attention pour elle, qui l'avait toujours dénigrée jusqu'à l'humiliation, l'avait enfin regardée. Et il avait vu ce que Gabrielle voyait depuis le début. Le charme, le regard, la luminosité. L'esprit. Et Timou, trop heureuse d'entrer enfin dans la danse, s'était laissée enivrer. Gabrielle savait qu'il avait gagné. Gagné contre elle. Mais elle s'était battue quand même. Elle avait présenté, mine de rien, des hommes à son amie. Elle avait supplié Marc d'intervenir. Après tout Marc, un ami à elles et à Loïc, était depuis longtemps secrètement amoureux d'Elisa. Elle était la seule à qui il s'était confié sur le sujet. Pourquoi n'avait-il rien tenté ? Il avait peur. Marc n'avait pas voulu s'interposer entre Timou et celui qui deviendrait son futur mari. Il voulait qu'elle soit heureuse. Ils avaient vingt-huit ans à l'époque. Deux ans plus tard, elle tombait enceinte. Et Gabrielle avait alors compris qu'il était trop tard. Elle s'en voulait de penser ainsi, mais malheureusement l'arrivée de Lucie n'avait fait que l'éloigner d'Elisa. Un autre être, innocent de surcroît, l'accaparait désormais. Comme tout aurait été différent si Marc n'avait pas passé tant de temps à se mentir à lui-même...

Son portable vibra dans sa main. Elle lut, une boule au ventre, le message de Timou annonçant qu'elle ne pourrait pas se joindre à elles. Sans blague ! Gabrielle avait le cœur brisé de cette situation. Elle voulait la voir mais refusait de s'imposer. Cela ne servirait qu'à braquer son amie. Elle lui proposa d'annuler la soirée et de venir chez elle.

Dans quarante-cinq minutes elle fermerait enfin boutique. Elle avait les jambes lourdes et rêvait d'un verre de blanc. Elle aurait voulu se griller une clope mais cela aurait fait « mauvais genre » devant la pharmacie et Gisèle, sa collaboratrice, ne manquerait pas de lui faire une remarque sur l'exemple qu'il fallait donner et le rôle de chacun dans la société... Blablabla. Elle renonça à sa cigarette en se promettant d'en fumer deux fois plus ce soir. Quand sonna enfin l'heure de la fermeture, elle réunit ses affaires, éteignit les lumières, et baissa puis verrouilla le rideau de fer. Le bar n'était qu'à quatre arrêts de métro et elle préférait marcher. Entre-temps, Timou l'invitait à manger vendredi. Chez elle. Elle ravala sa rancœur. Elle lui répondrait après quelques verres, cela valait mieux. Quand elle arriva devant le bar, Nola et Agnès étaient déjà là, sirotant un cocktail.

— Salut ma belle, tu es sublime comme d'hab' ! lui lança Agnès.

— Merci Agnès. Toi aussi ! Ça va, Nola ?

— Ouais et toi ?

Nola se leva pour la prendre dans ses bras et lui faire la bise. Elle sentait le rhum et la clope. Elle semblait déjà un peu ivre. Ce n'était sans doute pas son premier cocktail. Quelle heure était-il ? Nola buvait trop. Presque tous les jours d'après ce que savait Gabrielle.

— On attend qui alors ?

— Marie, Pauline et Sophie seront là d'ici cinq minutes. Mais sainte Timou ne viendra pas, répondit Nola avec aigreur.

— C'est quoi ton problème ? siffla Gabrielle.

Nola prit un air offusqué et blessé comme si c'était elle qui venait d'être attaquée. Elle répondit d'un ton grandiloquent que si elle n'avait plus le droit de rien dire, elle s'abstiendrait de parler désormais. Comme si Nola avait attendu la permission de qui que ce soit pour jouer la garce avec Elisa. Elle se leva en titubant à moitié et partit vers le bar. Le serveur afficha un grand sourire et supporta sans broncher l'haleine chargée d'alcool de sa cliente qui tentait de le draguer. Elle était comme ça Nola, tellement peu sûre d'elle qu'il fallait que tous les hommes l'aiment. Elle les draguait tous. Elle voulait obtenir validation. Agnès prit la main de Gabrielle :

— Ne fais pas attention, tu sais comment elle est quand il s'agit de Timou. Elle est un peu jalouse, c'est tout. D'ailleurs, en parlant de Timou, on lui prépare quoi pour son anniversaire ?

Pauline et Sophie arrivèrent ensemble, main dans la main. Elles déposèrent leurs sacs et s'assirent sur une chaise de part et d'autre de Gabrielle. Pauline se releva pour aller commander deux Perrier car ni elle ni sa femme ne buvaient d'alcool. Elles étaient toutes deux professeurs de yoga et prenaient soin de leur corps avec dévotion. Pauline revint accompagnée de Nola, un verre déjà à moitié vide dans la main droite, une cigarette dans l'autre.

— Bon, de qui ou de quoi on parle ce soir alors ? lança-t-elle la voix pâteuse.

— De l'anniversaire de Timou. Dans trois semaines.

Nola leva les yeux au ciel et s'affala sur sa chaise. Bien décidée à l'ignorer, Gabrielle interrogeait les autres sur les dispositions à prendre pour organiser l'événement. Sophie proposa que la soirée se déroule dans leur studio de yoga du 8ᵉ. Une fête surprise. Elles imaginèrent la décoration, commencèrent à élaborer une playlist et dressèrent la liste des invités. Assez vite, il fut décidé que Marc serait le premier à entrer dans la confidence. C'est à ce moment-là seulement que Nola daigna desserrer les lèvres.

— Avant que Marc n'intervienne, on pourrait peut-être prévenir Loïc, non ? Aux dernières nouvelles ce n'est pas Marc qui est marié avec elle, si ?

— Non mais Marc connaît son planning par cœur.

Elle devait faire preuve d'une patience infinie pour supporter l'agressivité permanente de Nola, débordante envers Elisa d'une rancœur qui devenait de plus en plus visible. Gabrielle essayait de comprendre, savait qu'avec le manque d'amour de soi venait l'envie à l'égard des autres. Nola s'en prenait à l'absente. Celle qui ne pouvait pas se défendre. Mais les attaques systématiques contre sa meilleure amie la mettaient sur la défensive. Elle repensa soudain à la Nola jeune qu'elle avait rencontrée des années auparavant, plus joufflue et plus épanouie qu'aujourd'hui, et s'adoucit un tout petit peu. Elle refusa d'alimenter son sentiment de persécution et ajouta :

— Finalement, tu as raison, il faut prévenir Loïc également. Tu n'as qu'à gérer le mari, je gère le collaborateur.

Une ombre passa sur le visage de Nola. Qu'importe qu'elle rechigne à s'investir. Elle n'avait qu'à se taire. Elle contacterait Loïc, et Gabrielle n'aurait même pas besoin de s'en charger. Une bonne chose de faite !

— OK, finit par murmurer Nola, dépitée.

Gabrielle sortit son portable. Parler de Timou et organiser une soirée pour elle lui avait mis du baume au cœur. Elle envoya un message à Marc afin de lui faire part de leur idée et répondit à l'invitation d'Elisa, regonflée à bloc à l'idée de la fête à venir.

La soirée se déroula tranquillement. À un moment, le serveur glissa son numéro sur la table en direction de Gabrielle. Cette dernière croisa le regard ulcéré de Nola qui partit aux toilettes d'un air fier. Gabrielle repoussa les avances du serveur en lui rendant son papier sans lui sourire. La politesse et la gentillesse invitaient souvent les hommes à insister car leur ego blessé ne supportait que rarement le refus. Pour ceux-là un non gentil était un oui qui se cherchait encore. C'était une leçon que Gabrielle avait assimilée à ses dépens. Elle appelait ça : l'empirisme de la colère ou comment s'enfoncer toujours un peu plus dans la rage.

Plus jeune, elle avait été repérée par une agence de mannequins. Elle avait eu quelques contrats et aurait pu, d'après son agent de l'époque, devenir la nouvelle icône des magazines. Peut-être même des podiums. Apparemment, être la meuf la plus bonne de la planète était la position la plus enviable à rechercher. Première leçon : être désirable semblait être le don nécessaire pour exister. Comme si c'était le meilleur compliment que l'on puisse lui faire. Dégueulasse. La colère enflait. Pourtant, malgré ces promesses de gloire, elle avait claqué la porte. Si elle supportait mal les remarques déguisées sur son poids, les regards et les jugements peu scrupuleux sur son corps, ses cheveux frisés, sa peau, c'est finalement l'agression d'un photographe de cinquante ans sur la gamine de dix-sept ans qu'elle était qui lui avait fait prendre sa décision. Le photographe en question réclamait régulièrement de travailler avec elle. Un jour, après une séance, il lui avait demandé de le suivre dans sa chambre d'hôtel. Doucement, presque honteuse, Gabrielle avait refusé en espérant naïvement que cela n'irait pas plus loin. Il faut l'excuser. C'est qu'elle connaissait mal le monde à l'époque. Deuxième leçon : les hommes ne demandent jamais pour s'entendre dire non. Elle était démunie, malgré ses refus répétés, l'homme insistait. Troisième leçon : aussi forte qu'elle pût être à son jeune âge, elle était vulnérable face à une prédation déterminée. La colère la submergeait quand elle y repensait. Gabrielle, perdue, avait pris le parti de l'ignorer et de ne plus répondre, même négativement, à ces sollicitations pressantes. C'est là que cet enfoiré, persuadé qu'un silence équivalait à une approbation, l'avait agressée. Dix-sept ans. Une gamine. À l'époque elle n'avait même pas encore embrassé de garçon. Enfin si, en CM1, mais ça ne comptait pas vraiment. Certains garçons l'attiraient un peu mais elle préférait les filles et le pauvre Julien n'était pas celui qu'elle aimait le plus. Quand le pervers lui avait fourré la langue dans la bouche en mettant sa main dans sa culotte sa colère n'était plus au rendez-vous. L'heure était à la sidération. Elle était restée immobile, choquée et apeurée. Bien qu'elle rechigne à y penser, elle ne sait pas jusqu'où il aurait pu aller si son assistant n'était pas entré dans le studio à ce moment-là. Elle avait vomi toute la nuit et s'était arraché les ongles à force de les ronger, moitié en larmes moitié hurlante. Le lendemain, elle l'avait retrouvé et, devant une mannequin qui posait presque nue, l'avait giflé si fort que sa pommette devait encore s'en souvenir. Deux heures plus tard, son agent l'appelait pour lui hurler que l'inconséquence aurait des conséquences. Quatrième leçon : l'impunité était un sacré privilège. La colère avait alors atteint son apogée. Elle se souvenait seulement de l'avoir traitée de grosse poufiasse et de lui avoir raccroché au nez. L'agence n'avait pas rappelé. Plus jamais Gabrielle n'avait posé pour des photographies ou acheté un seul magazine.

Mis à part l'ivresse de Nola, et la mine contrariée du serveur qui ne savait plus où se cacher pour disparaître, ce fut une belle soirée. Elles parlèrent de tout et de rien sauf de boulot, ce dont Gabrielle leur fut reconnaissante. Elle leur raconta ses dernières péripéties sexuelles et Sophie la regarda avec envie. Pauline fit mine d'être vexée mais elles se réconcilièrent très vite. Marie, arrivée en retard, les régala d'anecdotes sur ses jumeaux. Marie, accessible et chaleureuse, était la seule femme de sa connaissance qui arrivait à rendre les histoires sur ses enfants marrantes. Peut-être parce qu'elle ne se prenait pas au sérieux et avait accepté de ne pas être une mère parfaite. Agnès, plus discrète, écoutait en étouffant son rire avec sa main. Gabrielle trouvait touchant qu'une femme de trente-deux ans ait encore l'impression de toujours déranger. Elle se demandait si Agnès enverrait un jour balader tous ceux qui profitaient de sa gentillesse. Elle ne pourrait jamais porter d'enfant et subissait, l'âge avançant, les remarques sur le temps qui passe, les questions insistantes, intrusives sur ses envies personnelles. Malgré tout, ce qui n'avait de cesse d'épater Gabrielle, Agnès restait étrangère à la rancœur. Nola, elle, était bourrée. Les filles la mirent dans un taxi à 23 heures et lui firent promettre d'envoyer un message en arrivant. Elle bafouilla quelques mots incompréhensibles avant de leur claquer la porte au nez.

En rentrant chez elle, une heure plus tard, Gabrielle se demanda depuis combien de temps Nola s'était mise à boire autant. Un an ? Elle avait toujours eu des tendances addictives. Elle se conformait généralement à celle de son mec du moment. Pourtant Nola n'avait pas de mec ces derniers temps. Du moins pas à sa connaissance. Il fallait peut-être s'inquiéter pour Nola aussi. Gabrielle se promit d'être moins dure avec elle et surtout plus à l'écoute. De toute évidence, un mal-être tenace, que la trentaine n'avait pas balayé, la rongeait. Le vibreur annonçant l'heure de sa pilule la tira de sa culpabilité. Elle la prenait à 1 heure. Elle ne s'endormait jamais avant et c'était plutôt pratique lorsque l'homme ou la femme qu'elle avait ramené souhaitait s'attarder, ou alors lorsqu'elle cherchait une excuse pour partir en vitesse de chez eux. Elle faisait semblant de décrocher et prétextait souvent une urgence dans ces cas-là. Elle sortit la plaquette de son sac à main. Devoir prendre la pilule l'agaçait. Quand est-ce que les médecins comprendraient qu'il ne servait à rien d'attendre ? Elle ne voulait pas d'enfant. Elle n'était pas faite pour cela. Mais on l'infantilisait. D'après eux, elle pourrait « changer d'avis », « rencontrer l'amour et vouloir un enfant ». Alors quoi ? Quand on s'aime on est obligé de se reproduire en un être miniature qui rendrait l'amour plus réel ? Des inepties ! Elle ne voulait pas d'enfant, point ! Amour ou pas. Les préservatifs n'étaient pas infaillibles et elle se refusait à arrêter de coucher avec des hommes si l'envie lui en prenait. Et puis quoi encore ? Quelle liberté devrait-elle sacrifier pour vivre sa vie comme elle le souhaitait ? Ses pensées dérivèrent vers ses parents. Son père ne la comprenait pas et lui en voulait beaucoup. Elle culpabilisait un peu et enrageait en même temps. Elle aurait pu être une enfant plus simple à gérer, une jeune femme moins colérique et moins entêtée, mais n'étaient-ils pas censés l'accepter exactement comme elle était ? Son père ne validerait jamais son mode de vie, et elle avait décidé qu'elle n'attendrait plus de validation du tout. Sa mère avait le cœur déchiré.

Son portable vibra pour annoncer un texto de Marc :

« Salut Gaby, super idée. Je vous suis les filles, c'est vous les cheffes ! Vous aussi vous êtes bourrées ? Moi c'est avec mes parents. On ne change pas une équipe qui gagne ! Timou mérite la meilleure fête on va faire les choses bien ! Elle m'a d'ailleurs envoyé un message ce matin, dégât des eaux au cab. La galère. Je ne sais pas s'il est trop tard pour lui répondre mais allez tant pis je me lance ! T'inquiète, je ne ferai pas de boulette ! On se voit la semaine prochaine ? Bisous Titou.»

Nola n'avait pas envoyé de message. Gabrielle lui écrivit pour s'assurer que tout était OK et se mit au lit une clope au bec. C'était une habitude détestable. À l'époque de la faculté, Elisa lui hurlait d'arrêter de fumer au lit et lui racontait l'histoire, totalement inventée selon Gabrielle, de cet homme qui avait brûlé avec ses draps. D'après la légende urbaine, seul un cendrier cabossé avait été retrouvé parmi les cendres, laissant penser qu'il avait mal éteint sa cigarette avant de s'endormir. Pauvre vieux. Cette nuit, elle le savait, elle ne trouverait pas le sommeil. Elle voulait sentir quelqu'un contre elle. Elle hésita un instant avant d'appeler Gladys. Elles se voyaient régulièrement et Gladys prenait cette histoire un peu plus au sérieux qu'elle. Elle décrocha, la voix ensommeillée, et Gabrielle l'imagina nue dans son lit.

— Je peux venir ?

— OK mais ne sonne pas, tu vas réveiller mon coloc. Je te jette les clés par la fenêtre.

Gabrielle se rhabilla en vitesse. Marcher lui aurait rafraîchi l'esprit, mais une femme seule dans les rues à 1 h 30 du matin ce n'était pas une bonne idée. La nuit était un luxe d'homme. Et encore. Elle sourit en imaginant la réaction d'Elisa quand elle la verrait. Elle savait que son amie allait plaindre Gladys qui tombait chaque fois un peu plus amoureuse d'elle. Sauf que Gabrielle n'y arrivait pas. Ce n'était pas Gladys le problème, c'était elle. Elle n'y arrivait jamais. Elle était déjà tombée amoureuse, d'un homme en plus, c'était une belle histoire mais ça n'avait pas duré. Ce n'était pas de sa faute, ça ne collait pas. Il rêvait de calme et d'apaisement. Elle voulait plus. Elle était partie sans donner de nouvelles. Elle savait qu'il avait refait sa vie et qu'il était père désormais. Elle prit un taxi. En sortant, un homme l'interpella.

— Hey ma belle lionne, tu es magnifique. Tu viens me voir ?

Elle serra les dents. Belle lionne... Il voyait une femme noire et on avait droit aux comparaisons animales. La gazelle, la lionne, la panthère. Elle le toisa, prête à se battre, en lui répondant :

— Les lionnes ne traînent pas avec les porcs. Elles les bouffent. Alors casse-toi.

Le mec cracha par terre mais, en voyant que le taxi avait attendu pour vérifier que tout allait bien pour sa cliente, il fit demi-tour et partit. Pas de nouvelles de Nola. Elle essaya de l'appeler. Elle devait être trop bourrée pour entendre. Arrivée chez Gladys, elles firent l'amour doucement avant de s'endormir dans les bras l'une de l'autre. Gabrielle fut tirée du sommeil par son portable qui vibrait, tout près de son oreille. Le jour n'était pas levé, il était trop tôt pour aller travailler.

— Gaby, je connais ta technique. Si tu veux partir, dis-le clairement, mais éteins ce portable et laisse-moi dormir ! protesta Gladys.

Mais ce n'était pas une technique cette fois. Elle regarda le nom qui s'affichait et se mit à trembler. Elle décrocha, le ventre noué par une angoisse soudaine et un violent pressentiment.

Le poids de l'ignorance

Le son de la sonnette ressemblait à un tintement de verres qui s'entrechoquent. Elisa la détestait. Loïc sonnait parfois pour pouvoir lui hurler d'ouvrir plus vite la porte car il n'avait pas ses clés. Il était 21 h 30. Elle courut à la porte en priant pour que le bruit ne réveille pas sa fille.

Cécile déboula comme une furie dans son appartement. Pour tout ce qui touchait à sa famille et notamment à sa sœur, Cécile ne connaissait pas le sens de l'expression vie privée. Elle pensait que ce qui intéressait de près ou de loin Elisa la concernait d'une manière ou d'une autre. Elle ne mettait aucune frontière. Cette idée ne l'avait jamais pénétrée. Rien ne se dressait entre elles. Elisa respira plus librement pendant une demi-seconde. Ce qui l'étouffait d'habitude l'apaisa aujourd'hui. Cécile était là.

— PUTAIN TU VAS PAS ME CROIRE ! DEVINE UN PEU...

— Chut Cécile !! Lucie dort !

— Ah merde, pardon. Loïc n'est pas là ?

Par chance, Cécile, non. Elle faillit pousser un soupir.

— Il est à la clinique.

— OK. Je te disais que tu ne vas pas me croire.

Elle s'écroula sur le canapé du salon, un air misérable sur le visage. Elisa la scruta d'un vrai regard. Elle prit ce temps. On oublie à quoi ressemblent nos proches. Plus nous les regardons et moins nous les voyons. Elisa voulait réapprendre à voir sa sœur comme elle aurait aimé qu'on la voie, elle. Elle observa les cheveux blonds et bouclés, la barrette qui maintenait sa mèche, les yeux marron qui ressemblaient aux siens, le maquillage en plus. Les mains agitées. Le nez rouge. Cécile avait le visage bouffi. Résultat combiné des larmes et des antidépresseurs. Abattue et tourmentée. Son corps réussissait l'exploit d'être tendu comme un arc mais replié sur lui-même. Cédric. Encore.

— Il ne veut pas prendre les enfants pour les vacances. Il dit que sa nouvelle copine a besoin d'espace et que les enfants lui prennent trop de temps. Il dit qu'il passera les voir le mois prochain pour dire bonjour.

Sa sœur se laissait aller à des sanglots de rage. Cédric n'avait jamais vraiment été méchant, cela aurait été trop facile de le haïr. C'était un nuisible. Un nuisible passif. Avec lui le danger était invisible, rampant. C'était un homme inconséquent, irresponsable, aussi égoïste qu'il était possible de l'être. Mais passif. Inoffensif n'aurait pas été un terme approprié. Il avait brisé sa famille, et continuait de leur broyer le cœur. Mais sans violence physique. Par abandon. Abandon émotionnel, physique et économique. Au moins n'avait-il pas levé la main sur sa sœur. Cécile s'était mise avec lui à vingt-deux ans. Un an plus tard, elle était enceinte de Léo. Par accident. Et deux ans plus tard de Noé, par accident également. Sa sœur oubliait parfois sa pilule et Cédric refusait le préservatif malgré l'insistance de Cécile. À tous deux vingt-six ans, ils étaient parents de deux enfants. Un an plus tard encore, Cédric les quittait tous les trois pour une étudiante qui rêvait de travailler dans l'humanitaire. Pendant un an il n'avait pas donné de nouvelles. Pas un appel. Pas une carte. Le silence. À son retour, il avait repris contact comme si de rien n'était, comme l'aurait fait un oncle lointain revenant de l'étranger. Il s'occupait parfois de ses fils. L'éducation de deux enfants semblait néanmoins faire partie des activités subalternes dont il se fichait éperdument. Une décennie avait passé sans que rien ne change. Puis les enfants avaient grandi, et leur tristesse était plus profonde, leur déception plus amère, et les excuses toujours moins acceptables que les précédentes. Le jour où elle avait vu Léo prendre son petit frère

Noé dans ses bras et le serrer très fort contre lui, à la manière d'un adulte, suite à un message de leur père précisant qu'il ne pourrait pas être là à son anniversaire, Elisa avait eu des envies de meurtre. Elle aurait voulu frapper Cédric jusqu'à ce qu'il s'excuse à genoux de faire du mal à sa famille. Elle savait que la violence était un fléau et c'est peut-être l'unique pensée qui l'avait empêchée de céder à la tentation. Cédric n'avait envoyé qu'un SMS : *« Navré mon cœur, papa ne sera pas là. Je suis très occupé, tu sais. Mais quand on se verra tu auras un cadeau. Bisous. »* Pas de joyeux anniversaire. Pas de date. Des promesses vaines uniquement. Les enfants et Cécile s'étiolaient au fil du temps. Ils n'avaient jamais fait leur deuil. Les enfants attendaient un père et Cécile un homme, mais à la place ils n'avaient qu'une chaise vide à table et un trou dans le cœur. Au regard de ses propres peines, Elisa se sentait oppressée par les problèmes de sa sœur qui n'hésitait pas à s'épancher auprès d'elle comme pour déverser dans un autre cœur ses souffrances, sans penser à l'effet que cela aurait sur elle. Elle voulait que Cécile prenne sur elle et se décentre. Avant, elle aurait culpabilisé d'avoir de telles pensées égoïstes. Aujourd'hui, elle les accueillait comme la preuve qu'elle existait encore.

— Alors partons en vacances. Chez Linda ? Entre sœurs avec nos gamins ? On ne le dit à personne et on le fait. Je ne te laisse pas le choix. On va concocter à Léo et Noé les meilleures vacances de leur vie. Quant à Cédric, dis-lui d'aller se faire mettre. Dis-lui cela de ma part.

Elle crut voir un sourire se dessiner sur les lèvres de son aînée. Peut-être parce qu'il n'était pas dans les habitudes d'Elisa d'envoyer quelqu'un se faire mettre. Ce fut plus fugace qu'un éclair.

— Elisa… Tu ne comprends pas. Je n'ai plus une thune. J'ai la cantine scolaire à payer et j'ai déjà été relancée trois fois. L'année prochaine ils vont refuser leur inscription pour bouffer si je ne paie pas. Bientôt les livres pour la rentrée. J'ai un loyer de retard, et l'appareil dentaire de Léo coûte une blinde. Je préfère ne pas penser au gaz et à l'eau… Comment je vais faire pour nourrir mes gosses ? Je ne peux même pas m'acheter de nouvelles chaussures alors que celles-ci tombent en lambeaux. Je ne dors plus ou je me réveille pleine d'angoisse en me demandant comment je vais faire. Et si un jour on me les enlève car je suis incapable de payer et qu'on finit à la rue ? Je suis la pire mère…

— Cécile, s'il te plaît, stop. Tu es une mère incroyable ! Tu as deux enfants qui ne jurent que par toi. Tu as un boulot dans lequel tu aides des gens alors que tu fais déjà tout pour ta famille, tu as élevé seule tes fils sans l'aide de ce foutu Cédric ! Et personne ne te les prendra. Je ne te laisserai jamais être réellement dans le besoin, j'espère que tu t'en rends compte ? Tu aurais dû me le dire plus tôt…

— Je t'arrête. Je ne veux pas d'argent, je voulais juste parler, pleurer un coup…

— Je ne te laisse pas le choix ! Je suis ta sœur en fait ! Sérieusement, Cécile, on gagne super bien notre vie avec Loïc, alors arrête. Je te fais un chèque pour la cantine et le loyer. Et pour les bouquins aussi. Pour le gaz, pour l'eau. Pour tout.

Cécile se releva et la serra fort contre elle.

— Et puis tu peux prendre les trois paires de chaussures que tu adores et que je ne mets plus, tu sais, les bleues à talons, mes baskets de sport et les mocassins verts.

Elles faisaient la même pointure. Ce détail, arrangeant aujourd'hui, avait créé de nombreux conflits à l'adolescence, quand leur mère, trouvant cela plus hippie, leur achetait des chaussures communes à se partager selon les jours où elles en auraient besoin. Elisa repensa avec gratitude à ces anciennes disputes qui prenaient des airs de drames insolubles lorsqu'elles souhaitaient toutes deux mettre les escarpins à la soirée organisée par le beau Valentin.

Elle courut chercher son chéquier dans le bureau. Décider d'aider Cécile sans attendre l'accord de son mari, c'était comme respirer franchement. Loïc lui avait confisqué sa carte personnelle. Et elle n'avait que rarement accès au compte commun. Elle n'avait pas le droit de disposer de son chéquier sans l'accord de Loïc. Même si c'était son compte. Mais le temps qu'il s'en aperçoive cette fois-ci, elle serait partie. Il ne vérifierait pas les comptes d'ici là. S'il avait été présent, il aurait joué son rôle d'homme exemplaire à la perfection. Il aurait lui-même sorti son chéquier, il aurait agrémenté ce geste d'un discours paternaliste. Il aurait accompagné Cécile déposer le chèque et à son retour il s'en serait pris à Elisa. Il l'aurait giflée d'avoir une sœur incapable et l'aurait abreuvée d'insultes concernant l'hérédité de l'échec. Il l'aurait mordue avec ses mots et battue avec ses mains. Mais de tout cela Cécile n'en avait pas la moindre idée. Pas encore. Bientôt. Penser à Loïc blessait Elisa. Elle aurait voulu lui hurler sa haine. Lui dire qu'il vieillissait mal et que son humour, autrefois ravageur, était devenu vulgaire et laid. Cécile posa son front contre le sien, comme elle avait l'habitude de le faire lorsque Elisa pleurait. Elisa repensa à ce que lui disait Albert, son père, sur le soin que l'on doit à nos proches. Faire le choix de l'unité. Les porter sur nos épaules si besoin.

— Merci. Merci. Je dois y aller, je ne voulais pas craquer devant les garçons. Léo garde son frère mais je ne veux pas les laisser seuls plus d'une heure.

Elisa signa un chèque qu'elle tendit à Cécile. Celle-ci hésita d'abord, puis sous le regard insistant de sa sœur, le prit et le rangea très vite dans son sac.

— Inscris le montant dont tu as besoin et dépose-le dès demain, s'il te plaît. Histoire que je fasse mes comptes rapidement. Tu sais comment je suis avec ça…

Elle aurait voulu lui dire : « Dépose le chèque et emmène-moi loin de Loïc. » Qu'est-ce qui la retenait ? Dépose ce chèque très vite, Cécile. Pour nous.

— Oui, je sais… Merci vraiment. Je t'aime.

— Moi aussi.

Plus que tu ne peux l'imaginer. Je te revois vite. Promis. Sois forte en attendant, pensa-t-elle.

Elle ne pouvait pas se permettre de flancher devant Cécile. Enfin si elle pourrait. Un mot de trop et la façade s'écroulerait. Cécile comprendrait. Mais elle lui en voudrait. Le silence était devenu une habitude. Une part d'elle. Elle lui appartenait entièrement. Il jouait avec la honte, la peur et étrangement l'espoir. Car si elle parlait, comment faire demi-tour ? Avant sa décision de partir, le silence lui permettait de croire que tout pourrait changer un jour. Quand sa décision avait été prise, le silence lui était resté. Un silence de pierre auprès de Cécile, de Gabrielle et de sa mère. Le briser auprès d'elles eût été trop bruyant.

Insupportable. Ce fut un crève-cœur de voir Cécile franchir la porte de son salon avec ses chaussures usées aux pieds, un sourire vacillant aux lèvres et des larmes échouées au coin des yeux. Au moins était-elle capable de pleurer… Les médicaments l'avaient longtemps éteinte. La labilité de ses émotions s'était adoucie mais ne pourrait disparaître tout à fait. Elle était comme ça Cécile et Elisa l'adorait.

Cécile

Elle regarda son portable. Léo ne lui avait pas encore envoyé de message pour lui dire que Noé et lui étaient rentrés. Elle essaya de l'appeler, en vain. Depuis qu'elle avait renoncé à prendre une nounou après l'école, elle devait compter sur son aîné pour assurer les trajets, ce qui la mettait dans tous ses états. Elle imaginait constamment qu'un malade allait lui prendre ses enfants. Quand Léo oubliait de lui envoyer le SMS quotidien pour prévenir de leur arrivée à la maison, elle s'agaçait. Elle savait qu'il était injuste de s'énerver contre lui. Son pauvre petit garçon. Contraint de prendre une place qui n'était pas la sienne. Elle exigeait de lui qu'il soit plus mature que les autres. C'était une question de survie. Se sentirait-elle toujours comme la personnification de l'échec ? Est-ce que ses enfants lui en voudraient à vie ? Était-elle une si mauvaise mère ? La garde d'enfants lui coûtait un bras et cette fois elle était vraiment dans la merde. Elle se savait sur le fil rouge, au bord du précipice financier.

Depuis le départ de Cédric, elle avait dû composer avec ses inquiétudes pour remplir le frigo, mettre de l'essence et payer les factures. Mais cette fois elle était tombée plus bas. Les huissiers n'étaient pas loin et elle serait bientôt « interdit bancaire » si elle ne mettait pas à jour sa situation. Comme si elle avait le choix. Sa banquière, avec toute l'empathie dont elle était capable, lui avait conseillé d'éliminer les dépenses superflues. Cécile lui avait alors demandé de l'aider à décider de quoi ses enfants auraient le moins besoin : d'un toit ou de manger ? Elle n'avait pas répondu. Cécile avait tellement pleuré dans sa voiture en sortant de ce rendez-vous qu'elle avait fait croire à Noé qu'elle était allée à la piscine. Pourquoi les enfants avaient-ils des radars pour ces choses-là ? Son cadet était très inquiet. Il ne la lâchait pas d'une semelle ces derniers temps. Il dormait même avec elle et l'attendait à la sortie de la douche. Il refusait de fermer les portes. Quand elle lui avait demandé pourquoi il agissait ainsi, il s'était figé dans un silence. C'était l'aîné qui s'en était chargé.

— Pour ne pas que tu nous quittes parce qu'on coûte trop cher.

Ça l'avait flinguée. Elle avait encore pleuré. Quelle mère était-elle pour que ses propres enfants aient peur de l'abandon à ce point ? Elle avait échoué à leur faire comprendre qu'ils étaient l'unique raison de son combat quotidien. Un échec de plus. Elle avait essayé de les rassurer mais Léo était revenu avec une relance de la cantine. Bientôt ils n'auraient plus le droit de s'y inscrire. Elle avait plissé le front et ce simple froncement n'avait pas échappé à ses enfants. Léo l'avait serrée contre lui et lui avait dit qu'on s'en fichait de l'argent. Son grand garçon. Si gentil ! Elle devait admettre que ce n'était pas comme ça qu'elle avait imaginé que sa vie tournerait à seulement trente-cinq ans. Elle avait eu de si grands rêves plus jeune. Elle se voyait devenir architecte mais n'avait pas réussi. Elle élevait deux enfants mais seule. Sans une thune.

Il était 18 heures. Elle partirait dans trente minutes. Demain elle irait chercher les enfants à l'école. Elle allait prendre sa demi-journée. Elle en avait besoin. Et puis Laurence, cette mère parfaite de deux enfants, avec son mari et son appart immense, arrêterait peut-être de raconter à qui voulait l'entendre qu'elle ne s'occupait pas assez de ses fils. Laurence ou la bonté incarnée ! C'était Léo qui lui avait raconté cette histoire. Un jour, elle avait demandé à Laurence, qui récupérait Tim en voiture tous les jours, si elle pouvait déposer Léo devant l'immeuble après l'école. Laurence ne travaillait pas et habitait dans la rue voisine alors, un grand sourire sur le visage, elle avait accepté.

Rassurée et heureuse de cette bienveillance, Cécile avait béni l'entraide qui unit deux êtres que tout sépare mais que la maternité rapproche. Naïve Cécile ! Ce n'est que plus tard que Tim avait fait part à Léo de ce que sa mère pensait véritablement. Cécile savait que Léo disait la vérité car les mots employés ne pouvaient pas avoir été inventés par un enfant de douze ans. Laurence était « choquée qu'une mère se décharge de ses obligations parentales sur une autre mère qui n'avait pas à se substituer au manque de responsabilisation des autres ». Elle avait apparemment accepté « pour le bien-être des enfants car elle n'était pas un monstre ». Qu'est-ce qu'elle connaissait, elle, de la responsabilité qui pesait sur une mère célibataire qui gagnait une misère, avec deux enfants à charge ? Qu'est-ce qu'elle en savait, elle, la mère au foyer au mari richissime avec son grand appartement et sa maison à Deauville ? Qu'est-ce qu'elle connaissait aux problèmes financiers ? Aux prêts à la consommation laissés par un ex sans scrupules ? Aux journées à rallonge ? À la culpabilité permanente ? Elle aurait voulu lui foutre son poing dans la gueule mais c'était inutile. Et puis elle n'en avait pas la force de toute façon. Elle frôlait la dépression. Son médecin avait été clair. Elle prenait des médicaments. Elle se sentait bouffie. L'envie de séduire l'avait quittée. De toute façon, elle n'aurait pas eu le temps ne serait-ce que d'y penser. Mais elle était plus calme. Les événements glissaient sur elle plus facilement qu'avant. Elle était comme une bougie à la flamme vacillante. Sa flamme ne brûlait plus avec autant de force qu'avant, mais ne menaçait plus de s'éteindre. Depuis cet épisode avec Laurence, Léo refusait d'être ramené par qui que ce soit et ne parlait plus à Tim. Pauvre Tim, délaissé alors qu'il n'y était pour rien. Laurence, qui n'avait pas connecté ses deux neurones et qui ne comprenait pas la situation, avait proposé d'emmener Léo au cinéma pour que les garçons se rabibochent. Elle avait appelé chez eux et Cécile avait eu la fierté d'entendre son fils répondre : « Je préfère ne pas être une responsabilité supplémentaire pour vous, madame. » Ça l'avait calmée la Laurence. Au moins avait-elle compris qu'elle était l'unique responsable de la situation. Léo n'était pas rancunier et, après une conversation avec sa mère, il avait accepté de pardonner à Tim. Mais il n'allait plus chez lui.

À 18 h 30, Cécile prit ses clés de voiture et se précipita hors de son bureau. Plus tôt elle serait rentrée, plus tôt elle serait apaisée. Léo n'avait pas envoyé de message. Il fallait qu'elle fasse bientôt le plein. Mais c'était impossible ! Comment allait-elle faire ? Que restait-il à manger dans le frigo ? Peut-être que ce week-end elle pourrait aller chez Elisa ? Au moins, sa sœur ne la jugerait pas. Au contraire. Elle lui ferait un câlin avant de s'atteler à concocter un bon repas pendant que les enfants joueraient avec leur cousine et que leurs deux mères s'enfermeraient dans la cuisine avec une bouteille de vin. Leur rituel quand elles se retrouvaient.

Cédric prendrait les enfants pour trois semaines lundi prochain. C'était une bonne nouvelle. Au moins elle n'aurait pas à remplir le frigo. Elle pourrait manger un repas par jour, ce serait cela de gagné. Elle se rappelait à peine la dernière fois qu'elle avait eu plus d'une heure pour elle. La pile de livres qu'elle empruntait à chaque passage à la médiathèque et qu'elle se promettait de lire ne cessait de s'allonger à côté du lit. *L'Ère du soupçon* de Nathalie Sarraute lui faisait de l'œil depuis une semaine mais, une fois dans son lit, elle s'enfermait dans ses inquiétudes obsessionnelles de mère célibataire et devenait incapable de lire une ligne dont elle pourrait se rappeler deux minutes après. Elle était tout à la fois heureuse et inquiète que Cédric garde les enfants si longtemps. Les garçons étaient excités. Trois semaines à la mer ! Cela faisait deux mois qu'ils n'avaient pas vu leur père. Deux longs mois terrifiants. Elle avait demandé à Cédric de payer la cantine, de l'aider au moins pour cela. Il avait refusé. Il n'avait pas assez d'argent selon lui. Pourtant, elle savait qu'il ne se refusait rien et ne connaissait pas l'angoisse d'un frigo vide. Elle l'avait menacé d'aller devant le juge à de nombreuses reprises. Il lui avait dit que si elle faisait ça, il renoncerait à son autorité parentale et ne verrait plus jamais les enfants. Elle devait choisir : l'argent ou un père pour ses fils. Elle ne savait même pas si c'était légalement possible mais elle savait qu'il mettrait sa menace à exécution d'une manière ou d'une autre. Il serait capable de dire aux enfants qu'il ne souhaitait plus être leur père et cela briserait leurs petits cœurs. Enfoiré ! Ses pauvres bébés. Ils méritaient ce qu'il y a de plus beau. Ils étaient les êtres les plus purs, les plus merveilleux, et voilà ce qu'elle avait à leur offrir : des dettes et un père défaillant. Bravo Cécile ! Quand elle y pensait, le seul homme à ne l'avoir jamais vraiment déçue était son père, Albert. Complexe d'Œdipe ou pas, ce constat était affligeant. Surtout qu'un père mort après avoir été tant aimé ne peut pas être une réelle source de consolation. Elle essaya de refouler le souvenir des soirées d'été dans le jardin à chasser le dahu, quand avec sa sœur elles croyaient encore à son existence, leur père faisant mine d'entendre des bruits dans l'obscurité et leur intimant le silence. Effrayées par cette créature invisible, elles couraient, exaltées, se réfugier dans les jambes de leur père. Jamais depuis, Cécile n'avait pu retrouver ce sentiment de sécurité qui lui faisait dire que, finalement, malgré ses turpitudes, la vie n'était pas si accablante. En d'autres termes, Cécile avait perdu l'enfance, et ses explorations désespérées ne pourraient pas la lui rendre. Cette enfance, elle pouvait juste l'offrir à ses enfants. Ce n'était plus son tour.

Elle arriva chez elle mais tourna plus de vingt minutes avant de trouver une place. Demain elle prendrait le RER pour garder un peu d'essence. Une fois garée, elle sortit de sa voiture précipitamment et fit tomber l'intégralité de son sac par terre. Où avait-elle mis ses clés d'appartement ? Est-ce qu'elle avait éteint la lumière de son bureau ? Elle chercha ses clés de voiture avant de réaliser qu'elle les tenait dans la main. Le stress menaçait de la déborder. Elle fouilla dans le fond de son sac et attrapa un anxiolytique. Elle l'avala. C'était ça ou fondre en larmes en pleine rue, au vu et au su d'une dizaine de regards peu compatissants. Elle récupéra ses affaires et se dirigea vers chez elle. Ses épaules s'affaissèrent de soulagement lorsqu'elle entendit le son de la télé. Ils étaient là. Les lumières de l'appartement étaient allumées dans chaque pièce. Versailles. En moins éclatant. Et en miniature. Le Versailles du pauvre. Léo pianotait sur son portable avachi dans le canapé et ne l'entendit pas arriver. Noé se précipita sur elle et la prit dans ses bras :

— MAMANNNN !!!

Elle le serra fort contre elle et chiffonna la tignasse de son aîné au passage.

— Léo, tu exagères, tu pourrais répondre à mon SMS quand même.

— Oui, c'est bon maman ! On s'est pas fait enlever, t'es contente ?

Cécile leva les yeux au ciel. Bientôt elle serait face à un adolescent. Ces jours-là s'annonçaient sympathiques décidément.

— Tout d'abord il faut dire « NOUS NE NOUS SOMMES pas fait enlever ». Ensuite, oui, j'en suis ravie. Enfin, tu aurais dû me dire « Pardon maman » au lieu de jouer à l'impertinent.

L'insolent ne prit même pas la peine de répondre et plongea le nez dans son portable. Instagram.

— Léo, qu'est-ce que j'ai dit sur Instagram ? Tu as créé un compte ? J'avais dit non !!!

— MAIS MAMAN !!!! Tous mes copains ils ont Insta ! Je suis le seul qui n'a pas le droit, c'est pas juste, j'en ai ras-le-bol !

— Hey ! Tu baisses d'un ton, je te préviens ! Donne-moi immédiatement ton portable. TOUT DE SUITE J'AI DIT !

— Puifff c'est vraiment nul...

Noé intervint :

— C'est Instagram qui est nul. En plus c'est juste pour voir des filles à moitié nues. Sa Jeanne Montet par exemple, il va voir ses photos quatre fois par jour et...

— Toi tais-toi, espèce de balance !!!

— Là il est triste parce que tout le monde est méchant avec elle et que….

Léo allait se jeter sur son frère et Cécile dut s'interposer.

— Je vous préviens tous les deux… Un geste ou un mot de plus et je vous prive de télé, d'ordinateur, de portable et de jeux pour le week-end.

Elle jeta un œil rapide à la grosse horloge de la salle à manger.

— Il est déjà 19 h 30 ! Vous filez dans vos chambres faire vos devoirs, je vérifie ça après manger. Allez ouste !

Elle prit le portable des mains de son fils qui protesta avec véhémence, mais un regard de sa mère suffit à le dissuader d'insister. Il traîna sa longue et fine carcasse de préadolescent jusqu'à sa chambre en bougonnant dans sa barbe inexistante. Elle regarda l'écran du portable et tomba sur la photographie de la fameuse Jeanne Montet. De dos. En culotte. Elle parcourut le texte en diagonale : « … *Je m'étais laissée aller ces derniers temps. Ces pilules m'ont vraiment aidée à reprendre ma vie en main…* »

Elle sourit, désabusée. Reprendre sa vie en main. Pour l'instant sa vie était suspendue à des factures impayées. Elle éteignit le portable. Noé attendait sagement derrière elle.

— Moi maman j'ai déjà fait mes devoirs. Tu veux regarder ? La maîtresse elle m'a dit bravo.

Elle a même pris mon exercice d'hier pour le montrer à la classe parce que j'ai tout réussi.

Du bout du couloir, Léo cria :

— Parce que t'es un gros fayot ! Ahahaha Nono le gros fayot, Nono le gros fayot…

— C'EST PAS VRAI JE SUIS PAS UN FAYOT ARRÊTE DE DIRE ÇA… MAMAAAAAAANNNN IL DIT QUE JE SUIS UN FAYOT !

— Léo ! Arrête immédiatement d'embêter ton frère ! Je ne veux plus t'entendre ! Déjà commence par être aussi sérieux que lui à l'école et ensuite tu auras l'autorisation de parler… Et toi Noé, arrête de tomber dans le piège de ton frère. Il te cherche, tu le sais.

Noé la regarda avec ses grands yeux sombres et elle l'attira contre elle.

— C'est très bien ce que tu fais, mon chéri. Bravo mon cœur.

Elle le prit dans ses bras en lui assurant qu'il pouvait être fier de lui avant de l'envoyer prendre sa douche et se mettre en pyjama avec la promesse qu'il pourrait ensuite regarder la télé.

— OUAIIIIS. T'as vu, Léo ? Moi j'ai le droit de regarder la télé na ! Léo le zigoto, Léo le zigoto…

Cécile n'y fit pas attention. Elle avait la tête ailleurs. Que restait-il à manger ? Elle essaya de ne pas regarder la pile de papiers qui s'amoncelaient sur la table de la salle à manger. Des factures. Le loyer était prioritaire bien sûr. Ceci dit, la facture de gaz, impayée depuis trois mois, devenait quand même une urgence. L'eau. Six cents euros. Quelle merde ! Et puis l'appareil dentaire de Léo. On n'a pas idée de faire payer si cher un traumatisme. Ouais, enfin bon elle se laisserait aller à l'humour quand elle aurait de l'argent. Une belle nuit blanche s'annonçait. Elle ne pourrait pas dormir tant qu'elle serait à ce point embourbée dans les factures. Elle aurait au moins le temps de faire le ménage. Sa maniaquerie agaçait ses amies, sa sœur et sa mère, mais nettoyer apaisait ses angoisses. Elle avait toujours été comme ça. Quel mal y avait-il à avoir un intérieur propre de toute façon ? Si son esprit se purgeait en même temps, ce n'était que du bonus. Les considérations financières, qui ne quittaient plus vraiment son esprit, revinrent rapidement. Quelles options s'offraient à elle ? Elle n'avait rien à vendre. Demander à sa sœur ? À Linda, sa belle-mère ? Écrire à sa mère ? Elle avait une boule au ventre rien que d'y penser. Le sentiment d'abandon qu'elle ressentait en pensant à sa mère, à son départ, se rapprochait presque de la peine qu'elle éprouvait depuis le départ de Cédric. Pourquoi personne ne restait jamais pour elle ? Linda était repartie en Espagne après la mort d'Albert, Cédric avait abandonné sa famille et Martine, sa propre mère, n'avait pas jugé bon de rester pour la soutenir. Elle ne voyait Léo et Noé qu'une fois par an. Était-elle trop exigeante ?

Elle regarda le contenu du frigo. Bon ça allait. Ils tiendraient largement jusqu'à lundi quand Cédric viendrait chercher les enfants. Elle décongela trois steaks hachés et fit bouillir de l'eau pour des pâtes. Ils se mirent à table à 20 h 15. Noé et Léo parlaient d'un nouveau jeu vidéo. Elle n'y comprenait rien. Quand elle posait des questions, ses fils la regardaient comme une curiosité. Elle n'était pas à la page décidément. Noé essayait de lui donner des explications claires, mais Léo s'impatientait dès qu'elle était « à côté de la plaque ». Une fois le dessert ingurgité par ses deux goinfres, Léo et Noé se regardèrent et l'aîné hocha la tête comme pour donner son assentiment. Alors Noé se précipita dans sa chambre et revint avec sa tirelire dans les mains, un air très fier sur le visage.

— Maman ! Avec Léo on t'a fait une surprise ! Ça fait des mois et des mois qu'on fait ça et qu'on met de côté notre argent de poche pour t'aider. Et Léo il a vendu plein de ses figurines Funko Pop à Martin pour moins cher que dans les magasins ! Regarde, on a réussi à gagner plein de sous ! Cent cinquante euros. J'ai compté quatre fois ! T'es contente, maman ?

Cécile regarda son aîné qui gardait la tête baissée. Les larmes lui montèrent aux yeux. Sans les médicaments elle aurait fondu en larmes mais toutes les émotions se tarissaient un peu avec le filtre de la chimie. Ses bébés. Elle les prit contre elle tous les deux.

— Je vous aime. Vous êtes ceux qui comptent le plus. Merci. Merci mes bébés.

Noé était ravi et il demanda la permission d'aller mettre l'argent dans le porte-monnaie de sa mère. Elle en profita pour chuchoter à Léo :

— Mon amour, ce sont tes affaires, tu n'as pas à les vendre pour ta maman, mais merci de tout mon cœur, tu es un gentil, mon amour. Un vrai.

Léo haussa les épaules. Il était gêné.

— Ce n'est rien, maman. Je ne les aimais pas tant que ça ces figurines de toute façon.

Émue, mais surtout culpabilisée, elle les autorisa exceptionnellement à regarder le début du film à la télévision et entreprit de faire la vaisselle. Son portable sonna. C'était un message de Cédric. Fébrile, elle le lut :

« Salut Cissy, comment tu vas ? Bon écoute, petit contretemps pour lundi. Je ne vais pas prendre les enfants pour les vacances. Stéphanie a besoin de repos et tu sais comment sont les garçons… Elle voudrait avoir du temps pour elle tu vois… Bref, je n'y suis pour rien mais je ne peux pas lui refuser ça. Tu les embrasses pour moi, ok ? Je passerai le mois prochain pour leur faire coucou. Bisous à vous. »

Cécile dut relire cinq fois le message pour y croire. La haine montait. Elle se faufilait dans ses veines comme un poison. Elle regarda le haut de la tête de ses fils qui dépassait du canapé. Ses fils qui vendaient leurs affaires pour aider leur mère financièrement. Ses fils qui se réjouissaient de passer du temps avec leur père. Elle voulait hurler. Taper quelqu'un. Que pouvait-elle faire ? Elle pensa à Elisa. Il fallait qu'elle parle à Elisa. Elle ravala les larmes de colère qui menaçaient de la submerger. Il fallait qu'elle trouve une excuse. Sylvie. Oui, Sylvie, sa collègue qui allait partir en vacances et qui avait un chat. Les enfants trépignaient d'impatience à l'idée de s'en occuper. Sylvie ne partait que dans une semaine, mais ils ne le savaient pas.

— Léo mon cœur ? Je dois absolument aller chez Sylvie nourrir le chat, j'ai complètement oublié. Peux-tu surveiller ton frère ? Je vous fais confiance ? Je ferme derrière moi.

Noé se leva précipitamment :

— Je veux voir le chat moi !!

— Non mon cœur il est trop tard ! Je t'emmène la prochaine fois ! Je me dépêche, promis ! Vous pouvez regarder la télévision mais ne mettez pas trop fort.

Elle sortit précipitamment, monta dans sa voiture, boucla sa ceinture et fonça en direction de Boulogne. Le trajet dura vingt minutes. Elle se gara en bas de l'immeuble cossu où Elisa habitait. Elle composa le code qu'elle connaissait par cœur et se précipita dans le hall magnifique au sol en marbre. Elle monta les deux étages quatre à quatre et sonna. Sa sœur, plus petite, plus tendre, aux cheveux en bataille, comme après chacune de ses journées de travail, lui ouvrit la porte. Cécile ne lui laissa pas le temps de parler, la colère s'était frayé un chemin et exigeait de s'épancher :

— PUTAIN TU VAS PAS ME CROIRE ! DEVINE UN PEU…

— Chut Cécile !! Lucie dort !

— Ah merde, pardon. Loïc n'est pas là ?

Elle regarda autour d'elle avec un brin de culpabilité vite évacuée par la réponse de sa sœur. Loïc était encore au boulot.

— OK. Je te disais que tu ne vas pas me croire.

Cécile remarqua qu'Elisa affichait un air qu'elle ne lui connaissait pas. Elle ne sut pas dire quoi. Un air distant. Comme quelqu'un qui regarde la situation de haut sans vivre vraiment le moment présent. Étrange. Mais Cécile laissa vite cette impression s'envoler, il fallait qu'elle parle.

— Il ne veut pas prendre les enfants pour les vacances. Il dit que sa nouvelle copine a besoin d'espace et que les enfants lui prennent trop de temps. Il dit qu'il passera les voir le mois prochain pour dire bonjour.

Elle éclata en sanglots. Elle espérait qu'Elisa traiterait Cédric de tous les noms et qu'ensemble elles passeraient vingt minutes à l'insulter jusqu'à ce que la haine qui bouillonnait en un torrent dans ses veines soit redevenue un ruisseau plus paisible. Au lieu de cela, Elisa eut une réaction qui ne lui ressemblait pas. Elle lui proposa de partir en vacances, de s'évader ensemble, chez Linda, toutes les deux, avec les enfants. Son ton, tendre et posé d'ordinaire, était direct, presque autoritaire :

— Quant à Cédric, dis-lui d'aller se faire mettre. Dis-lui cela de ma part.

Qu'arrivait-il à sa sœur aujourd'hui ? Sa réaction lui donnait presque envie de rire. Partir ? L'idée l'effleura durant une seconde bénie. Elle n'avait pas suffisamment d'argent. Le rêve s'estompa.

— Elisa… Tu ne comprends pas. Je n'ai plus une thune.

Elle avait tellement de choses à payer. En faire le compte à sa sœur lui redonna mal au ventre. Même ses chaussures tombaient en lambeaux. Elle avait honte d'elle-même. Une mère coupable, voilà ce qu'elle était.

— Cécile, s'il te plaît, stop. Tu es une mère incroyable !

Elisa, déchaînée ce soir, lui assura avec fougue qu'elle ne la laisserait jamais tomber et gronda presque son aînée de ne pas lui avoir fait part de ses ennuis plus tôt.

Et merde ! Elle avait trop parlé. Elle avait couru pleurer dans les jupes de sa sœur car elle avait désespérément besoin de se confier mais elle ne voulait pas qu'Elisa règle ses problèmes d'argent. Elle pressentait que Loïc n'aimerait pas cela. L'argent était une obsession chez lui qui la mettait mal à l'aise. Il comptait le moindre centime. Le confort obtenu, il cherchait encore des réponses dans les chiffres qui s'accumulaient. Elle l'avait déjà vu faire les comptes le soir de Noël en prenant soin de calculer le coût de chaque enfant, ou noter lors d'un repas le prix des courses pour le diviser par le nombre d'invités.

— Je t'arrête. Je ne veux pas d'argent, je voulais juste parler, pleurer un coup…

Mentait-elle ? Peut-être qu'au fond c'était ce que Cécile avait espéré ? Une aide. Quelqu'un. De la compassion. Une main tendue. Elisa régla également cette question. Elle insista avec un regard si sérieux, si gentil, que Cécile revit pendant une seconde la petite fille qu'elle était. Une enfant calme et sage, qui dénotait vraiment avec le caractère enflammé de Cécile. Une enfant taciturne parfois, qui ne se faisait que rarement entendre. Sauf avec Cécile. Elles s'étaient toujours tout dit. Elle aurait aimé que la puissance de son amour puisse transpercer Elisa.

— Je ne te laisse pas le choix ! Je suis ta sœur en fait !

C'est vrai qu'ils gagnaient bien leur vie avec Loïc. Elisa voulait seulement la soulager. Lui faire un chèque. Pour tout. Elle voulait même lui donner ses chaussures. Elle qui adorait celles à talons d'Elisa. Combien de cris pour leurs chaussures avaient absorbés les murs de leur maison d'enfance ? Et combien de larmes leur père avait-il essuyées en essayant de les mettre d'accord ? Elle n'avait pas les mots suffisants et se contenta de la serrer contre son cœur.

Elisa, après avoir couru chercher son chéquier, revint avec un air déterminé. Cécile sourit. Elle avait presque oublié de quoi sa sœur était capable quand elle s'imposait.

— Merci. Merci. Je dois y aller, je ne voulais pas craquer devant les garçons, Léo garde son frère mais je ne veux pas les laisser seuls plus d'une heure.

Elisa signa un chèque qu'elle tendit à Cécile. Cécile pensa à Loïc. Elle hésita. Elle vit Cédric. Puis ses enfants. Elle prit le chèque d'une main quasi tremblante.

— Inscris le montant dont tu as besoin et dépose-le dès demain, s'il te plaît.

Apparemment, Elisa avait besoin de faire ses comptes rapidement, c'était important pour elle. Oui. Surtout pour Loïc. Cécile savait.

— Oui, je sais… Merci vraiment. Je t'aime.

— Moi aussi.

Elle sortit de l'immeuble avec un regard neuf. Le marbre ne lui paraissait plus si ostentatoire. Le luxe semblait moins écrasant. Elle soupesa le chèque et entrevit la liberté. Elle souriait enfin. Ce soir elle pourrait dormir. Elle s'assit dans sa voiture et remplit scrupuleusement le chèque avec la somme exacte des dettes qu'elle avait à éponger. Elle ne volerait pas sa sœur même si sa vie en dépendait. Elle le déposerait demain à la première heure. L'argent arriverait sur son compte dans deux jours maximum. C'était comme si quelqu'un avait retiré l'oreiller qui l'empêchait de reprendre sa respiration. Comme si elle utilisait ses deux poumons pour la première fois. Elle rit. Un tracas indéfini continuait pourtant de la tourmenter. Pourquoi avait-elle l'impression d'avoir mal agi, comme une enfant prise en faute assaillie par la culpabilité ? Ce n'est qu'une fois rentrée qu'elle comprit. Loïc n'avait pas donné son accord pour ce chèque. Un malaise diffus s'immisça en elle. Elle chassa vite ses inquiétudes car, à son retour, elle trouva Léo et Noé en pleine bagarre pour savoir qui aurait le droit à la télécommande. Léo avait coincé son frère sous son bras tandis que ce dernier essayait de le frapper de ses poings. Elle sépara scs deux monstres et les envoya se coucher en leur assurant qu'ils regretteraient très vite leur geste dès qu'elle aurait décidé comment les punir de la façon la plus adéquate. Elle précisa que les priver pendant un mois de tous leurs jeux vidéo se plaçait assez haut dans l'échelle des possibilités.

Demain, elle devrait leur annoncer que leur père ne pourrait pas les prendre. Elle en profiterait pour alléger leur peine en levant sa menace de punition. Ils auraient le droit d'organiser une soirée avec leurs copains aussi. Léo voulait inviter ses cinq plus proches amis depuis longtemps, et même si la pensée de tous ces mioches bruyants et désordonnés dans son appartement lui hérissait le poil, une soirée ferait oublier à ses enfants la défection paternelle. Heureuse d'avoir posé sa journée, Cécile partit se coucher après avoir cédé à son péché mignon : ranger et nettoyer l'intégralité de sa salle à manger et de son salon.

À 1 h 45, son portable vibra. Linda. Elle grogna dans un demi-sommeil. Décidément elle adorait sa belle-mère mais celle-ci devrait apprendre à cesser de l'appeler à des heures indues. C'était une insomniaque chronique qui pensait que le monde entier vivait au même rythme qu'elle. Elle se rendormit instantanément. Son portable vibra une seconde fois sur sa table de nuit après ce qui lui sembla être dix minutes. Elle décrocha très agacée

— LINDA JE DORS !

Elle mit du temps à reconnaître la voix à l'autre bout du fil. Il était 3 h 30 du matin.

La somme des compassions

Une fois seule, 22 heures passées, Elisa se pressa de mettre les lasagnes au four avec une prière pour Ani, son ange gardien. Ils ne la payaient pas assez. Bientôt elle ne toucherait plus de salaire du tout. Dans quelque temps, quand le chaos aura laissé place à la vie, elle la rappellerait pour lui dire le bonheur que ça avait été de l'avoir. Pour le moment elle devait penser à son départ. Elle s'enfuirait demain avec sa fille à Carcassonne. Dans quelques heures. Elle avait caché les billets de train dans une des peluches de Lucie. Après avoir pris sa décision, elle avait ouvert un compte dans une nouvelle banque et y versait ce qu'elle pouvait depuis plus de six mois maintenant. Elle, studieuse et appliquée pourtant, à qui manquait la folie de l'imagination, s'était mue en une femme ingénieuse. Quand Loïc lui demandait de faire ses courses, elle réussissait à retirer un peu plus. Il ne vérifiait pas toujours les tickets de caisse. Le jour où, magnanime, il l'avait missionnée pour acheter leur tapis, elle avait sauté sur l'occasion et avait retiré plus de cinq cents euros. Un tapis magnifique habillait le sol du salon et Elisa souriait quand elle le regardait, triomphante d'avoir réussi à détourner deux cents euros. Loïc ne savait pas que le tapis était soldé. Parfois elle demandait à certains de ses clients de payer par chèque ou en liquide, prétendant que le lecteur de carte ne marchait pas. Elle ne pouvait pas se permettre de le faire avec tous, mais un ou deux patients par jour, cela passait inaperçu. Elle envoyait son butin à Linda. Linda gardait l'argent et déposait les chèques sur son nouveau compte. Elle avait dû être très prudente. La gestion des finances était un sujet à risques. Loïc contrôlait tout. Son soupir envahit la pièce où elle déambulait, hantée par les fantômes des souvenirs qu'elle devait laisser derrière elle pour survivre.

C'était à cause de dépenses inconsidérées de sa part, une jupe et une séance chez le coiffeur, ce qu'il appelait les dépenses des « putes », qu'il avait craqué plus que d'habitude il y a trois ans. Elle pensait qu'elle allait y rester et qu'il ne s'arrêterait jamais de la gifler et de lui tirer les cheveux. Un rire sans âme s'échappa de sa gorge à cette pensée. Si elle avait su, alors, que ce qu'elle avait vécu ce jour-là n'était rien comparé à ce qui surviendrait ensuite... Non. Elle se mentait à elle-même.

Quand bien même elle l'aurait su, qu'est-ce qui aurait été différent ? Elle n'y aurait simplement pas cru et aurait mis le même espoir dans ses choix. Par amour d'abord. La peur n'était venue qu'ensuite. Les agents de police l'avaient écoutée et avaient pris sa plainte non sans lui avoir conseillé, d'un ton paternaliste, de se reprendre et de pardonner ces gestes qu'ils avaient alors qualifiés de « malheureux ». Après tout, elle n'était pas à plaindre. Elle avait loué une chambre d'hôtel lumineuse, s'y était installée avec son bébé et n'en avait parlé à personne. Mais par la suite, il avait été si tendre, si désolé, si malheureux, qu'Elisa fut bientôt persuadée que cet épisode ne serait qu'une petite tache dans son bonheur. Une tache qu'elle saurait effacer à force d'abnégation et de résilience. Il l'avait suppliée. Il s'était mis à genoux en jurant par tous les dieux que cette erreur serait le fardeau qu'il aurait à porter le reste de sa misérable existence. Il se présentait avec des cadeaux pour elle et pour Lucie. Parlait doucement dans l'oreille de son bébé en lui expliquant qu'il les aimait plus que tout au monde, elle et sa mère. Il paraissait si vulnérable dans sa chemise trop grande pour lui que l'épisode de violence semblait ne jamais avoir existé. Ses mains étaient douces et plus fines que la moyenne. Elisa avait d'abord vacillé. Entre un oui qu'elle désirait véritablement lui accorder et un non que lui dictait sa raison, son cœur ne trouvait pas le repos. Son indécision avait duré une semaine. Une semaine hors du temps. Une nouvelle lune de miel pour lui, un havre trop vite oublié pour elle. Puis elle avait flanché. Leur amour valait cette chance. Elisa refusait de voir les signaux d'alerte qu'elle avait détectés depuis longtemps. Durant sa grossesse, Loïc avait été absent. Indifférent à son état. Avant, il avait pu être méprisant. Ivre, il devenait odieux. Mais il ne l'avait jamais frappée avant cette fameuse nuit. Elle avait réussi à se persuader qu'il ne fallait y voir qu'une erreur de parcours. Elle avait retiré sa plainte. Elle se demandait si c'était ce geste qui avait ouvert les vannes de la violence. Elle n'était pas responsable de sa fureur mais se sentait coupable de ne pas avoir fui. Plus aucune conséquence n'effrayait Loïc. Il la détenait au creux de sa main et pouvait fermer le poing pour l'écraser à sa guise. Les premiers mois, Loïc avait fait des efforts. Il avait de lui-même entamé une psychanalyse, jusqu'à ce jour fatidique. Ce jour qui lui faisait honte et qu'elle aimerait anéantir. Un jour qu'elle voudrait voir disparaître. Ce mercredi soir-là, le jour du psy, il était rentré à la maison avec le sourire. Il sortait de son rendez-vous. Il s'était doucement approché d'elle, lui avait pressé l'épaule et lui avait dit : « Tiens. » Dans sa main, un paquet. Emballé. Elle l'avait ouvert, heureuse de recevoir de l'homme qu'elle aimait une marque d'attention. Elle avait déchiré le joli papier cadeau bleuté et n'avait eu aucune réaction. Elle avait seulement glissé son doigt le long de la boîte de médicaments.

— Elisa, j'ai compris ce qui nous arrivait ! C'est toi ! Depuis la naissance tu n'es plus la même. Tu es en dépression. Je le vois bien. Tu galères ! Il ne faut pas avoir honte. Je t'ai prescrit des antidépresseurs ça va t'aider.

Ce jour-là elle s'en souvenait comme d'un jour vécu par quelqu'un d'autre. Elle avait pris les médicaments. Pendant plus d'un an. Ce n'était pas de la folie, c'était un arrangement. Une aliénation consentie. Pure. Sans explication. Existe-t-il un effet plus pervers que celui par lequel on se soigne à la place du malade ? Combien de sacrifiés sur l'autel du déni de l'autre ? Depuis ce jour, la colère avait disparu pour laisser place à la honte. Elle avait honte dès qu'elle passait devant un commissariat. Honte quand elle voyait ses proches. Si bien qu'elle a fini par ne plus vraiment les voir. Ou du moins avec un masque de bienséance, un masque de bonheur et d'équilibre collé au visage. L'enfer durait depuis trois ans. Trois longues années qu'elle avait endurées soumise et abattue, sans espoir. Pendant longtemps elle s'était accrochée à l'amour qui les unissait. Leur première nuit ensemble, alors que Loïc l'avait emmenée dans sa maison de famille en Bourgogne et qu'il avait engagé un chef à domicile. Ils avaient passé le week-end à regarder des films, à manger et à faire l'amour. Elle se rappelait son bonheur quand, il y a quatre ans, il lui avait soufflé dans l'oreille qu'il voulait un enfant d'elle. Elle réussissait à sourire au souvenir des fous rires qu'ils avaient eus, comme le jour où Loïc, voulant surprendre Elisa, s'était mis nu dans son cabinet, mais s'était trompé de bureau et était tombé sur Marc qui revenait de sa pause déjeuner. À l'époque, Loïc savait rire de lui-même. De son incapacité à construire un meuble Ikea par exemple. Elle s'agrippait à ces moments, avant le coup de trop le soir de Noël, six mois auparavant, alors que Cécile sonnait à la porte et que Lucie était en train de jouer sur la tablette. C'était là. À ce moment précis, qui n'en était plus qu'un parmi tant d'autres. C'était ce geste-là qui l'avait décidée. Elle ne savait pas pourquoi précisément. C'était cette gifle de Noël emballée avec humiliation qui avait marqué sa décision de partir. Sans retour.

L'appel à un numéro vert l'avait aidée. Elle avait raconté son histoire. On l'avait guidée vers des associations, on lui avait conseillé de partir, de cumuler des preuves, d'en parler. Elle avait longuement réfléchi. Elle ne voulait pas que Loïc puisse obtenir la garde partagée. L'idée de laisser Lucie seule avec son père lui était insupportable. Cette pensée, d'une violence inouïe pour ses entrailles, alimentait ses pires cauchemars. Le danger, lui, était réel. Loïc était charismatique et doué avec les autres. La mère de Loïc, protectrice, presque abusive, lui avait appris qu'un homme ne perd jamais. Les apparences ne l'aideraient pas. Loïc gagnait très bien sa vie et était un médecin réputé. Il pourrait compter sur un nombre important de soutiens. De son côté, elle se sentait faible et seule. Il refusait souvent qu'elle vienne voir leurs amis communs sous prétexte que Lucie ne devait pas être abandonnée par sa mère le week-end au risque de créer des traumatismes infantiles qui la détruiraient à l'avenir. « Tu veux détruire ta fille, c'est ça ? Je sais que c'est dur, mais tu regrettes d'être mère, c'est ça ? » Et si elle passait pour une menteuse ? S'il parlait de sa dépression post-partum, la première année après la naissance de sa fille qu'elle avait passée sous médicaments qu'il lui prescrivait ? Il conservait des preuves, elle en était persuadée.

Partir était un risque mais elle devait le prendre. Pour son enfant. Elle avait refusé les propositions d'hébergement. Elle avait Linda. C'était la solution qui bouleverserait le moins l'équilibre de Lucie. Elisa était devenue experte dans l'art de la dissimulation. Deux petites valises, une pour elle, une pour sa fille, attendaient dans le fond du placard de l'entrée, à leur place habituelle. Loïc ignorait qu'elles étaient pleines. Prêtes à être saisies et emmenées loin de ce placard lugubre. Elle n'avait pas pris grand-chose. Rien de remarquable. Ses papiers dormaient au fond du tiroir de droite dans le bureau de Loïc. Elle avait passé des heures entières à en chercher la clé, en vain. Il avait fallu apprendre à crocheter la serrure. Loïc avait failli la surprendre à plusieurs reprises. C'était le prix à payer pour sa réussite. Le prix d'une fuite en avant. Les papiers partiraient avec elles. Ce soir quand il rentrerait, elle lui servirait à manger pour la dernière fois, prendrait des nouvelles de sa journée s'il souhaitait parler et resterait bouche close s'il lui intimait de se taire. Pour la dernière fois. Elle lui demanderait même s'il voulait se joindre à Lucie et elle pour dîner chez Cécile le lendemain. Elle supporterait son soupir dédaigneux. Une dernière fois. Il refuserait l'invitation. Elle aurait gagné du temps en entretenant la comédie du quotidien. Une dernière fois.

Non sans mal, elle avait accumulé quelques preuves si la situation prenait une tournure plus dramatique encore. Ces éléments, elle le savait, l'aideraient pour le divorce. Pour protéger sa fille. Elle avait déposé une main courante détaillant les faits et les raisons de son départ. Pris des photographies de ses bleus. Des enregistrements dans son portable où elle implorait de l'aide lorsqu'il s'acharnait. Désormais elle ne criait plus. Lucie ne devrait jamais l'entendre. Elle avait conservé les messages d'excuses et les photographies des bouquets de fleurs qu'il envoyait ensuite. Et elle s'était confiée à Linda. Linda… Sa belle-mère. La seule à qui elle avait été capable d'en parler six mois plus tôt. Linda, l'Espagnole qui avait fait tourner la tête de leur père il y a vingt ans. Elles s'étaient immédiatement adorées. La vie avec Linda était douce et simple. Linda vivait actuellement dans la banlieue madrilène. Quand Elisa eut fini son récit qui avait duré plus d'une heure, Linda, en pleurs, l'avait suppliée de se rendre à la police et de porter plainte. Lui avait dit qu'elle partait directement pour Paris la rejoindre. L'avait menacée d'appeler Cécile. Elisa, qui avait prévu sa réaction, ne se laissa pas démonter. Elle n'avait aucune confiance en la protection que pourrait lui apporter la police. Aller le dénoncer, c'était prendre le risque qu'on les confronte pour la renvoyer chez elle ensuite. Certaines associations auraient pu l'aider à trouver un hébergement, mais elles manquaient de places et Elisa voulait partir très loin de Loïc pour se sentir en sécurité. Et si Linda venait, il saurait qu'elle avait parlé. Linda ne suffirait pas à la protéger. Elle devait disparaître le temps que le divorce soit prononcé. Que la garde partagée lui soit refusée. Qu'il lui soit interdit d'entrer en contact avec elles. Loïc ne devait pas savoir où la chercher. Il pourrait fouiller chaque recoin de la capitale, elle devait être loin. Linda, dévastée, insistait, tempêtait, mais quand Elisa lui avait dit qu'un faux pas suffirait à la tuer, elle avait cédé. La ligne d'écoute l'avait rassurée, encouragée, guidée. Sa sécurité et celle de Lucie primaient. Elles avaient le droit de partir. Elle avait essayé d'imprimer religieusement dans son esprit leurs conseils, mais il lui arrivait de raccrocher quand elle croyait entendre la porte d'entrée s'ouvrir, avant de se rappeler qu'elle était au travail et que Loïc ne pouvait pas être là. Rester sur le territoire français la rassurait. Linda avait loué un appartement à Carcassonne pour toutes les trois, en attendant, afin qu'Elisa n'ait pas à passer la frontière. Peut-être que le juge y verrait une preuve supplémentaire de sa sincérité. Là-bas, elle contacterait un avocat. Quand Loïc rentrerait demain, à une heure tardive, il penserait qu'elle était restée dormir chez Cécile. Elle aurait envoyé un message prétextant que Lucie dormait trop profondément. Ça le mettrait en colère. Mais il ne pourrait pas se venger cette fois. Ensuite elle éteindrait son portable et ne le rallumerait pas. En fuyant avec son enfant, elle se doutait que la justice finirait par être impliquée. Elle devrait rendre des comptes. Loïc se battrait pour récupérer Lucie, et détruire Elisa. Elle se tenait prête. Mais elle devait partir. Bientôt il n'aurait plus besoin d'elle, et ce jour-là de quoi serait-il capable ?

Elle savait qu'il y avait une autre femme. Ses veilles au travail se faisaient plus longues, ses silences plus âpres, ses caresses et rapports forcés plus avilissants et ses coups plus rudes encore. Elle n'était qu'une merde. Il le lui disait. Elle savait qu'une autre femme comblait son besoin de domination. Qu'une femme, quelque part, ne se doutait pas du piège qui se refermait sur elle. Au début, elle avait cru que cette liaison la libérerait définitivement de lui. Qu'il allait partir et la laisser. Mais non. Elle lui appartenait. Elle était sa chose. Il ne la laisserait pas partir. Un jour il déciderait que c'en était fini et il la tuerait. Ce qu'il ferait de Lucie, Elisa refusait d'y penser. Il pourrait lui rompre le cou. L'étouffer. Elle était en proie à des crises d'angoisse sans aucune mesure lorsque survenaient ces pensées ignobles. Son imagination lui faisait mal. Des images s'imprimaient dans son esprit et la détruisaient plus que n'importe quel coup. Elle devait protéger sa fille. La fuite était l'unique solution qui n'impliquait pas de violence. Une solution pour Lucie. Pour elle. Il était déjà 22 h 30 et Loïc n'était pas rentré. Elle éteignit le four et s'assoupit.

1 heure sonnait lorsqu'elle se réveilla. Il devait se trouver avec l'autre femme, elle en était sûre. Cela la rassura. S'il assouvissait ses pulsions ce soir, il serait sans doute trop fatigué pour la tourmenter dans le lit conjugal. Les bleus entre ses cuisses ne partaient plus. Et elle saignait à chaque rapport. Il la forçait avec tant de violence. Il lui arrivait

de s'évanouir. Elle eut un élan de compassion pour cette femme mystérieuse qui occupait Loïc. Que savait-elle ? Se doutait-elle que sous l'épaisse couche de vernis viril se cachait un monstre de brutalité et de cruauté ? Elisa elle-même n'avait compris que bien trop tard. Elle ne connaîtrait pas cette femme. Ne saurait jamais qui elle est. Elle excluait de prendre le risque de suivre Loïc mais culpabilisait de laisser une autre qu'elle subir le même sort. Elle eut une prière feutrée pour la malheureuse. Mais c'est à Lucie et à elle-même qu'elle devait penser.

Linda

Le mois de juillet s'annonçait caniculaire. Linda adorait l'odeur brûlée des sols surchauffés évocatrice des vacances. Elle s'enfermait pourtant au frais, dans sa maison en pierre qui conservait la chaleur. Sa mère avait habité ici, et sa grand-mère également. C'était une bicoque ancienne qui nécessitait de nombreux travaux mais il était hors de question de s'en séparer. En plus de quatre chambres, d'un grand séjour, et d'une cuisine qu'elle avait refaite elle-même, la maison comportait un jardin et une véranda où Linda restait des heures à lire et à écouter de la musique en buvant du thé. Sa banlieue madrilène l'habitait plus que le contraire. Son français de père lui avait filé le virus de l'Hexagone, mais c'était en Espagne qu'elle se sentait vraiment chez elle. Les Français étaient un rien trop frileux pour elle. La vie n'y était pas aussi ardente. Les hommes français pouvaient être sacrément coincés. Son Albert par exemple. Elle avait mis du temps à lui faire entendre raison. Il n'était pas très heureux avec sa femme. Ils ne s'aimaient plus vraiment. Mais aucun des deux ne prenait de décision. On restait là à se regarder, à se demander pourquoi continuer, pourquoi vivre encore ensemble alors que les enfants étaient assez grands pour comprendre ? Pourquoi s'infliger une peine alors que l'on était innocent et que l'on voulait juste vivre ? Peut-être n'était-ce pas typiquement français, ceci dit. Combien de couples à travers le monde pouvaient en dire autant ? Des centaines de milliers. Des millions. Linda, amoureuse et compréhensive, avait attendu avec une patience infinie. Et un jour Albert avait dit oui. Il avait quitté sa femme qui, à sa grande surprise mais pas à celle de Linda, l'avait remercié pour cela. Albert l'avait rejointe y annexant une unique condition : rester vivre à Paris. Il ne quitterait pas ses filles. Ses deux amours. Quelle que soit la femme qui partagerait sa vie, ses filles passeraient toujours en premier. Et, pour la seconde fois, Linda était tombée amoureuse de lui. Elle avait eu peur au début. Peur que les précieuses enfants la rejettent et la maltraitent. Peur que la vue d'enfants adorées ravive une douleur inguérissable. Mais elle n'aurait pas pu plus se tromper. Elisa et Cécile, sa *« Lisa »* et sa *« Cécilia »*, devinrent ses nouveaux amours. Elles s'adoptèrent immédiatement. Les matins à quatre, dans leur appartement parisien, durant lesquels Cécilia triait les livres, Lisa les dérangeait pour lire, et leur père écoutait sa musique en les regardant, faisaient partie des plus belles images de sa vie. Linda devint une belle-mère comblée. Lisa et Cécilia avaient respectivement quinze et seize ans et cherchaient une confidente adulte à qui raconter leurs peines, leurs joies et leurs peurs. Elles avaient besoin de récits d'expériences féminines pour les guider et une mère ne peut pas remplacer une amie. Comme elle ne pourrait pas remplacer une mère.

La situation convenait à tout le monde, et même Martine, l'ex-femme d'Albert, l'appréciait. Elles ne deviendraient sans doute jamais vraiment complices, mais elles se respectaient et se faisaient confiance. C'était suffisant pour Linda. Et à présent, elle allait devoir prouver que cette confiance n'avait pas été vaine. Prouver que l'amour que sa Lisa lui portait était réciproque, fort et puissant. Elle aurait été prête à tout. Lisa arriverait demain soir. Elle quitterait Paris avec sa fille le matin. En train. Deux valises en main. Linda, quant à elle, partirait demain matin avec sa petite Clio rouge. Elle avait loué un appartement et souhaitait s'y rendre avant Lisa et Lucita afin d'être certaine que les lieux soient prêts à les recevoir. Elle allait louer sa maison pour subvenir aux dépenses mais Linda ne l'avait pas dit à Lisa qui n'avait pas pu mettre énormément d'argent de côté. Loïc tenait les comptes fermement et il ne fallait pas qu'il se doute de quoi que ce soit. La famille qui habiterait chez elle pendant six mois n'arriverait que le vendredi mais Carmen les accueillerait. Toutes ces dispositions ne fonctionneraient que sur du court terme, mais quel choix restait-il ?

Linda mourait d'inquiétude mais ne laissait rien paraître. Si quelqu'un faisait encore du mal à sa Lisa, elle ne répondrait plus de rien. Lisa et Cécilia représentaient ce qu'il lui restait d'Albert. Elles étaient les êtres les plus chers à son cœur. Depuis qu'Albert était mort, il y a sept ans, la vie avait perdu de son attrait une seconde fois. Mais le soleil d'Espagne et le retour à la maison avaient pansé les plaies les plus béantes. Cela avait été un crève-cœur de quitter Cécilia et Lisa mais Paris lui rappelait trop son amour perdu. Rien de tout cela ne serait arrivé si Albert avait été encore en vie. Elle le savait. Albert aurait vu. Il aurait su. Il disait souvent que ses filles étaient ses poumons. Sans elles, il ne pouvait plus respirer. Il avait trouvé le sens de sa vie en devenant leur père. Linda le comprenait tant. Elle-même, des années plus tôt, avait perdu un poumon.

Il y a trente ans, elle était devenue mère. Elle était si jeune et si naïve. Vingt ans. Pedro était né et son père, Julio, n'était même pas venu le voir. Il ne l'avait rencontré que trois semaines après. À sa naissance, elle avait été la femme la plus fière du monde. Son enfant devait être le plus beau bébé d'Espagne. D'Europe peut-être. Puis, un après-midi d'août, quand Pedro avait six ans, un scooter l'avait percuté et la vie avait perdu son sens. Elle n'avait pourtant tourné la tête qu'une seconde. Une unique seconde qu'elle avait rejouée indéfiniment dans son esprit. Une seconde qui lui avait coûté le reste du temps qu'elle avait à vivre. Elle avait cru mourir ce jour-là. Ce n'est que par la suite qu'elle avait compris que la douleur était pire que la mort. Elle allait devoir errer. Une âme sans but, froide. Julio avait envoyé des fleurs et les médecins avaient dû la médicamenter lorsqu'elle les avait reçues. Une forte dose, « à la hauteur de sa crise », d'après eux. Elle ne gardait de l'enterrement de son fils que des souvenirs brumeux. Ses proches lui répétaient que le temps viendrait panser les plaies les plus douloureuses. Qu'elle finirait par s'en remettre. Elle les avait maudits. Tous. Sa famille. Ses amis. Julio. Et elle était partie pour la France, accompagnée par son père qui y habitait depuis des années. Avant, bien qu'en bons termes, ils n'avaient pas été très proches. Elle apprit à parler un français impeccable. Mais la joie de converser semblait l'avoir désertée. Son père lui apprit à cuisiner bien que le goût de la nourriture n'eût plus de sens pour elle. Elle essaya de se plonger dans la lecture des grands classiques français. La beauté des écrits la laissa de marbre. Il lui fallut un nombre incalculable d'années avant d'être capable de rire à nouveau. Elle avait d'abord dû donner du sens à sa tragédie. Pourquoi Pedro ? Pourquoi ce destin ? Et le sien ? Lequel était-il ? Linda était mue à l'époque par le besoin irrépressible d'obtenir des réponses aux questions existentielles mais aussi, et peut-être principalement, de se persuader que la mort de Pedro avait une raison d'être qui la dépassait.

Elle cherchait une signification à tous les questionnements propres à la nature humaine et accablants pour quiconque avait connu un drame. Les arts divinatoires auxquels elle avait été initiée plus jeune par sa grand-mère devinrent un refuge doux et paisible. À force de pratique et grâce à sa rencontre avec Kira, une cartomancienne italienne, inspirée et reconnue dans la profession, elle développa un véritable don dans le tirage des tarots divinatoires. À Paris, on l'avait regardée avec circonspection quand elle avait émis le souhait de développer cette activité à titre professionnel ; alors pour se fondre dans le moule et ne pas faire honte à Albert, elle avait tu ses aspirations. Mais à Madrid, elle s'était lancée. Sa grande maison lui offrait la possibilité d'accueillir des consultants dans un cadre agréable.

Elle n'eut pas d'autre enfant. Elle n'avait jamais pu s'y résoudre. Elle ne voulait que Pedro. Son rire résonnait chaque jour en elle. Elle bénissait ce son qui ne la quittait pas malgré la vie qui s'écoulait. Tout ce qu'elle conservait de son fils tenait dans une petite valise usée remplie de souvenirs, dont une photographie mal cadrée prise quelques semaines avant le drame. La photographie prenait de l'âge en même temps qu'elle et s'abîmait. Elle l'avait découpée pour la glisser dans un vieux pendentif. Linda trouvait ce geste très romantique. L'image de Julio s'imposa. Elle dut serrer les dents pour que les émotions ne la submergent pas.

Combien d'erreurs avait-elle commises ? Quand Cécilia s'était mise avec Cédric, elle avait encouragé cette histoire. Une colère sourde grondait en elle. Cédric. Ce salaud de lâche. Elle le maudissait lui aussi. Malgré elle, elle se sentait un peu coupable. À cause du message des tarots qu'elle avait inconsciemment ignoré. Ou peut-être à cause des messages qu'elle avait trop écoutés, s'y perdant parfois, oubliant alors que si le tarot est un outil divinatoire, il est d'abord un outil d'exploration. De soi. Des autres. Quand Cécilia leur avait présenté Cédric pour la première fois, Linda et elle n'avaient pas pu résister. À peine la porte s'était-elle refermée sur la bouille parsemée de taches de rousseur et remplie de bonhomie du nouvel amour de sa belle-fille qu'elles s'étaient enfermées toutes les deux dans le bureau d'Albert, l'endroit le plus vibratoire de l'appartement, pour effectuer un tirage. Elle s'en souvenait comme si c'était hier. Cécile avait d'abord tiré l'Impératrice, représentant la femme qu'elle était, suivie du Soleil, symbolisant l'union éblouissante ou, avec le recul, l'aveuglement. Puis, et là le cœur de Linda s'était emballé, les arcanes de la Lune et du Bateleur. Maternité et enfance dans un même tirage. Cela ne pouvait pas être plus clair. C'est là que Linda avait commis sa grande erreur qui, aujourd'hui, de son œil de professionnelle, lui paraissait intolérable.

Elle avait ignoré le dernier arcane : la Justice. Elle l'avait simplement vu comme une preuve supplémentaire d'un contrat de mariage. Elle avait remarqué pourtant que Cécilia l'avait tirée à l'envers et que la carte aurait dû être interprétée avec prudence. Si elles avaient continué le tirage pour en savoir plus, Linda aurait pu voir que cet arcane les mettait en garde. Un engagement pourrait être rompu. À l'époque, elle avait balayé sa pointe d'inquiétude d'une pichenette et avait hurlé à sa belle-fille de ne pas se méfier une seule seconde de Cédric. Lorsque sa Cécilia avait souffert, Linda s'était souvenue du tirage et rappelé en même temps le conseil avisé de Kira : « Lorsque tu es trop impliquée dans un tirage, tu interprètes toujours les cartes comme tu voudrais les lire sans y voir l'ensemble du message. Évite de les tirer pour des gens que tu souhaites à tout prix protéger.

Tu ne ferais rien d'autre que te réconforter. Regarde plutôt avec le cœur. » Après le départ de Cédric, Linda s'était promis de ne plus le faire pour Cécilia ni Lisa. Et elle s'y tenait pour le moment. Elle n'avait pas été capable de déceler la souffrance chez Lisa. Lisa parlait moins. Elle était plus discrète que son aînée au tempérament de feu, aux colères explosives, aux tristesses abyssales et aux joies ardentes. Lisa était plus tempérée, plus sûre, plus calme, plus à l'écoute des émotions des autres. Comment n'avait-elle pas vu ? Et Cécilia ? Elle voyait sa sœur toutes les semaines et les deux étaient inséparables. Que Martine, leur mère, n'ait rien perçu, ne l'étonnait pas. Le traumatisme lié à la fuite en avant de Martine demeurait contenu mais une colère sourde grondait chez Cécilia et Lisa qui resteraient, dans leur cœur d'enfant, deux petites filles abandonnées. Linda éprouvait plus de compassion. L'urgence de vivre s'imposait, que l'on soit mère ou non. Quelle différence ? Les mères n'avaient-elles pas elles aussi des envies d'ailleurs ? Certes on ne cesse pas d'être une maman. Pas plus que l'on ne cesse d'être humaine. Vivante. Mue par des envies que la maternité ne comble pas. Une fois ses filles hors de la maison, à l'abri du besoin, entourées d'amis, d'amoureux, et de joie, du moins le croyait-elle, comme eux tous, Martine avait filé.

Linda posa sa tasse de thé fumante sur la table du salon et s'assit, pensive. Elle ne souhaitait pas sortir à cause de la chaleur. Elle préférait ranger et faire le ménage. Ranger était un exutoire comme un autre. Elle laissa néanmoins le sac de courses, débordant d'un nombre déraisonnable de jouets pour la petite, trôner sur la table. *Su pequeña Lucita*. Quel amour. Elle l'adorait. N'était-elle pas un peu grand-mère maintenant ? Ne pouvait-on pas avoir plusieurs grands-mères ? Deux n'étaient pas de trop. Elle était pressée que Lisa arrive, ne serait-ce que pour que d'autres sachent. Linda appellerait Martine pour la rassurer. Elle savait qu'une mère souffrirait difficilement la nouvelle. Il fallait qu'elle parle avec Martine et qu'elle lui assure que sa fille était en sécurité avec elle. Mais Lisa lui avait interdit d'en parler à qui que ce soit. L'endroit où elle se trouvait devait rester secret. Seul Marc serait au courant.

Oh Albert ! Ai-je pris la bonne décision en suivant son plan ?

Linda parlait souvent à ses fantômes. Ils devenaient une part d'elle. Elle culpabilisait. Si elle s'était écoutée, Elisa n'aurait pas passé une seconde de plus en présence de Loïc. Elle voulait que sa belle-fille appelle la police. Porte plainte. Qu'elle parle. Mais Elisa avait été inflexible. Malgré les supplications de Linda, elle avait refusé. Pourquoi Linda n'avait-elle pas appelé la police elle-même ? Par peur de leur inaction. Un pas de travers et Lisa pouvait le payer cher. Elles avaient fini par se mettre d'accord. Mais depuis, Linda ne dormait que d'un œil.

Elle se pressa des oranges fraîches. Lisa adorait les oranges. À Paris, elle lui en pressait dès qu'elle était à la maison. Albert et Cécilia étaient des adeptes du café serré. Mais pour sa Lisa c'était des oranges. Elle avait fait le plein d'agrumes. C'était rassurant. Elle avait l'impression d'agir. Elle s'habilla et finit tout de même par aller se promener. Le temps avait cette capacité incroyable de s'étirer longuement aux moments les moins propices. La journée passa tranquillement. Carmen, sa voisine, vint la voir et elles prirent le thé sur la terrasse. Carmen l'invita à manger et Linda accepta. Cela valait mieux que rester chez soi à ronger son frein. Le repas se fit paisible. Carmen avait quatre enfants, tous grands, qui passaient la voir régulièrement. Ce soir-là, deux d'entre eux s'étaient invités à manger et ils régalaient Linda des histoires de leur voyage en Argentine. Linda les enviait. Ils n'avaient pas assez voyagé avec Albert. Ils auraient dû. Peut-être que Lisa accepterait de partir avec elle. Loin. Elles emmèneraient Cécilia et les enfants. Elles changeraient de vie. Elle tira les cartes à l'ensemble de la famille de Carmen. Après leur avoir assuré qu'ils entraient dans une phase d'introspection personnelle pouvant être bénéfique pour leur entreprise familiale, non sans quelques remises en question fraternelles néanmoins, elle rentra chez elle.

Même si Carmen avait le don de l'apaiser en incarnant de tout son être la *dolce vita*, ce soir-là Linda ne trouvait pas le sommeil. Elle se refusait à faire ce à quoi elle pensait, tout en en ayant désespérément envie. Au bout d'une heure à tourner dans son lit, elle n'y tint plus, se leva d'un bond et se précipita dans son salon. Elle alluma trois bougies, attrapa son tarot de Marseille et commença son tirage pour s'assurer que le voyage se déroulerait sans accrocs pour Lucie et Elisa. Les deux premiers arcanes, l'Empereur et le Diable, ne l'étonnèrent pas mais l'inquiétèrent quand même. Ces deux lames associées représentaient un être dominateur, violent, préoccupé par sa position sociale. Loïc. Linda respira profondément. Les cartes ne mentent jamais. C'était une chose à laquelle on finissait par s'habituer. Les cartes ne savent pas mentir. Et si on ne veut pas connaître la vérité, il ne sert à rien de chercher à prédire. Ces deux premiers arcanes ne devaient donc pas la paniquer. Elles représentaient un état de fait. Loïc était un homme violent et dangereux pour sa femme et sa fille. Elle s'imposa le calme, souffla et tira une troisième carte. Le Mat, c'est-à-dire la fuite, le chemin, la voie empruntée. La lame parlait donc bien du départ d'Elisa et Lucie. La suivante déterminerait si ce chemin serait heureux ou non. En retournant la carte, le cœur de Linda manqua un battement : la Maison Dieu. Une carte d'avertissement, la carte du chaos. Relation avec un être instable. Selon le dernier arcane qui suivrait, l'issue serait favorable ou dramatique. Sans réfléchir plus longtemps, Linda prit sa dernière lame. Elle suffoqua, une main sur le cœur. Ce n'était pas possible. Pas la carte sans nom. Pas elle. Sa vue se brouillait, elle commençait une attaque de panique. Il fallait qu'elle se reprenne. Ses peurs influençaient le tirage. Elle devait reposer la question. Faire une coupe. Oui voilà ! Une coupe. Poser une question à laquelle deux lames répondraient par oui ou par non. Poser la bonne question : le voyage d'Elisa jusqu'à moi va-t-il bien se passer ? Elle étouffa un cri en découvrant la première lame : le Jugement. Tirée à l'envers. La prochaine carte était déterminante. Son cœur, suspendu à la dernière lame encore retournée, inconnue, battait à un rythme effréné. Que faire ? Elle se souvint de Kira. De ses mots. Regarder avec le cœur. Pas avec les cartes. Ce n'était pas le tarot qui devait la guider mais son intuition. Celle qui l'empêchait de dormir cette nuit et l'avait poussée à faire ces tirages. Linda se jeta sur son portable. Il était 1 h 38. Réponds. Réponds. Réponds ! Elle insista jusqu'à ce que tous ses appels soient directement redirigés vers le répondeur. Elle passa à Cécilia.

— Allez réponds, ma belle, réponds, s'il te plaît !

Un sentiment confus l'agitait et soudain un coup au cœur. Elle retourna la dernière carte. Une impression de chute. Elle eut le temps de voir l'heure, 1 h 47, avant de perdre connaissance.

Le coût du sourire

Elle errait sans but dans l'appartement, ne sachant que faire tant elle tombait de fatigue. Loïc n'était pas rentré et il n'aimait pas qu'elle s'endorme avant lui. Elle devait rester à sa disposition au cas où il aurait besoin de quoi que ce soit. Elle passait de pièce en pièce en chassant les fantômes des bons et des mauvais souvenirs. Cet appartement avait autant été aimé que haï. Il était 1 h 22.

Son téléphone vibra. Marc. Quelle idée d'envoyer un message à cette heure-ci ? Avait-il perdu la tête ? Mais comment aurait-il pu savoir ? La faute lui revenait à elle et à elle seule puisqu'en règle générale elle s'arrangeait pour bloquer tous les numéros en rentrant, sauf celui de Loïc, de Cécile, de sa mère et de Linda. Mais ce soir, elle avait oublié. Des erreurs comme celle-ci pouvaient s'avérer catastrophiques. Elle aurait dû être plus prudente. N'avait-elle rien appris en trois ans de violences ? Elle ouvrit le message :

« Hello ma Lisa. Como estas ? Fais chier pour le dégât des eaux ! Tu veux que je m'occupe des assurances ? Les voisins ont été inondés ? Envoie-moi une photo du désastre ! Mes parents t'embrassent et moi aussi ! On est un peu soûls en famille et on rigole bien ! Tu nous manques ! Ciao, à jeudi bella ! »

Un immense sentiment de culpabilité l'envahit. Elle allait abandonner Marc. Son ami, son collaborateur et le plus bel homme qu'elle ait connu. Elle sourit au souvenir de leur rencontre. Oiseau rare, il faisait partie de ces hommes qui ignorent leur pouvoir d'attraction. Il avait toujours été beau garçon. Un peu trop beau pour elle. Beau et tendre. Jamais il n'esquissait de geste qui pût ressembler de près ou de loin à de la violence. C'était douloureux de penser à lui. Le bruit d'un poing que l'on abat contre la porte la fit sursauter.

— Qui t'envoie un message ?

Son cœur s'arrêta au moment où son regard se posa sur Loïc. Quand était-il devenu aussi effrayant ? Elle ne l'avait pas entendu rentrer. Il portait encore sa veste et ses chaussures et s'avançait vers elle d'un pas lent. Son regard luisait d'une étincelle qu'Elisa connaissait bien. Il ne la laisserait pas tranquille ce soir. Confuse, elle essaya de supprimer le message de Marc, mais sans succès. Il lui arracha le téléphone des mains et lut. À ses côtés, Elisa ne bougeait plus. Un geste de trop et elle rendrait les choses plus difficiles. Elle ne savait plus si elle entendait les battements de son cœur qui lui ordonnaient de fuir ou les chuchotements de la peur qui lui intimaient de rester. Rester ou partir. Comme d'habitude, ce fut la peur qui l'emporta. Loïc relisait le message, la mâchoire serrée, et décortiquait certains mots à voix haute : *« Ma Lisa... Bella ? Tu nous manques ? Je t'embrasse ? »* Elisa retenait sa respiration pour exister sans bruit. Peut-être l'oublierait-il ? Quelques heures. Elle avait besoin de quelques heures et ce serait fini. Faites qu'il soit trop fatigué. Faites qu'il se contente de la gifler, juste quelques coups de pied. Loïc la surplombait et sa respiration se faisait plus pesante. Son courroux allait s'abattre, elle le savait. Elle resta muette. Plus elle parlerait, plus il frapperait fort.

— Alors ça y est on passe un cap ? Tu vas lui envoyer une photo de ton cul en prétextant un dégât des eaux ? C'est quoi la suite, tu vas le sucer avant qu'il te la mette ?

— Non, bien sûr que non... Je...

Il la gifla avec une telle force qu'elle s'écroula sur le plan de travail. Une gifle. Une. Une deuxième, quelques coups de pied et ce sera fini. Il ne faudrait pas qu'il y aille trop fort. Elle souffrait déjà tellement du dos.

— Loïc, s'il te plaît, je ne sais pas pourquoi il m'écrit, regarde le précédent texto, je lui ai juste dit qu'il y avait un dégât des eaux...

— Ta gueule.

Il ne prit même pas la peine de crier. Il lui attrapa le bras et la gifla une seconde fois.

— Enlève ton pantalon. Tu veux du cul ? T'as besoin de te faire baiser ?

— Non, s'il te plaît. Non, arrête, je t'en prie !

Elle le supplia par la voix, par le regard, par sa soumission. Il s'avançait vers elle. Elle tenta de s'écarter le plus possible de lui les mains en avant comme pour le calmer. Il la tira vers lui avec violence pour la plaquer au sol et lui retirer son pantalon. Son épaule avait craqué. Elle retint ses cris. Lucie ne devait pas se réveiller. Il lui faisait mal. Son dos la lançait. Ses reins étaient broyés. Elle sentait son odeur contre elle et faillit vomir. Il finit en elle et lui attrapa les cheveux pour la traîner. Il lui prit la tête et la frappa contre la table. Elle se figura être une poupée de chiffon qu'aucun coup ne pourrait briser. La douleur pouvait être dépassée. Il ne fallait pas crier. Son œil droit était injecté de sang et elle sentait une bosse s'élargir sur son front. Un coup de pied. Puis deux. Tout serait bientôt terminé. Elle devait se retrancher. Où ? Il y avait tellement d'endroits plus beaux. Quels chemins aurait-elle pu emprunter pour ne pas sombrer ? Les lettres à ses proches attendaient dans le tiroir du bureau de Marc. Il les enverrait dès son retour. Elle lui avait laissé des instructions. Un coup de poing dans le ventre. Il lui arrachait les cheveux. Elle serait alors sous le soleil de Carcassonne et Linda lui presserait des oranges tous les matins. Son portable vibrait par terre à ses côtés. Elle essaya de l'attraper mais Loïc le fracassa d'un coup de pied. Elle était traînée sur le sol. Sa bouche avait le goût du sang.

Ce serait bientôt comme avant. Sous le soleil avec Linda. L'odeur des oranges à la place de celle du sang. Elle serait heureuse. Avec Linda. Comme avant. Le goût d'une orange.

Le début du commencement

Ça paraît simple de dire ce que l'on ressent, mais c'est plus compliqué qu'on le croit.

Aujourd'hui nous fêtons les dix ans de la mort de maman. Ma grand-mère refuse que je dise « fêter ». Elle veut que je dise « commémorer ». J'ai été regarder la définition sur Internet. C'est mieux pour parler de la mort. C'est aussi mamie qui insiste très souvent pour que je parle de ce que je ressens. Tata, c'est encore pire. Avec elle, il faudrait que je donne mes impressions sur tout. À croire qu'elle veut connaître la moindre de mes émotions même quand je dors. Elles m'ont emmenée voir un psy il y a un an. Monsieur Carret. Il paraît que ça va m'aider pour ma vie d'adulte.

Il faut qu'elles arrêtent un peu. J'ai que treize ans. Le psy dit que c'est normal de ressentir de la colère et maintenant qu'il le dit, c'est vrai que je suis un peu en colère. Je suis en colère contre mamie parce qu'elle passe son temps à dire que je ressemble à ma mère et ça la rend triste. Pourquoi elle continue de le dire si ça la rend triste ? Après j'ai l'impression que c'est de ma faute. Je suis en colère contre tata parce qu'elle est toujours derrière moi. Comme si j'avais fait une bêtise. Elle me surveille pour être sûre que ça va. Je suis en colère parce qu'au collège depuis qu'ils ont appris ce qui était arrivé à ma mère ils sont plus sympas avec moi qu'avant. Ils me traitent comme une petite fille alors que je suis en cinquième. C'est n'importe quoi. Léa, ma meilleure amie, dit que c'est parce qu'ils sont inquiets. En plus ça me met en colère parce que tout le monde pense qu'il faut absolument que j'aille mal. Je n'ai pas le droit d'aller bien sinon ils me regardent tous bizarrement. Ça m'énerve ça.

C'est mon psy, monsieur Carret, qui m'a conseillé d'écrire les choses que j'avais pas envie de dire aux gens. Il sait que j'adore écrire des histoires mais celle-ci c'est différent. Il m'a dit que ce que je ressentais m'appartenait et que je n'avais pas besoin de le détailler. Ça n'appartient pas aux autres. Je l'ai dit à mamie mais je ne suis pas sûre qu'elle ait compris. Elle a fait une tête pas possible et je suis sûre qu'elle était super énervée. Linda, mon autre grand-mère, celle qui vit en Espagne, elle est moins chiante. Je ne devrais pas dire ça mais c'est vrai. Elle est moins sur mon dos et elle pleure moins souvent à l'évocation de ma mère.

Ça ne veut pas dire qu'elle est moins triste. Je sais que non. Elle a un pendentif autour du cou et dedans il y a deux photographies. Une de son fils qui s'appelait Pedro. Il est mort jeune. L'autre photographie, c'est ma mère. Elle était belle, je trouve. Si je lui ressemble, c'est bien.

J'ai déjà revu mon père. Je ne sais pas ce que j'en pense. Apparemment il faut que je parle de lui aussi. Mais je n'ai pas trop envie. Je ne l'aime pas. Mais je ne le hais pas non plus. Je ne ressens rien pour lui.

Il me fait peur, c'est tout. Monsieur Carret dit que c'est déjà beaucoup.

Quand j'ai demandé à le voir il y a quelques mois, ça a mis la pagaille. Je voulais quelque chose, mais je sais pas exactement quoi. Monsieur Carret me dit que je voulais peut-être comprendre. Mais Gabrielle elle a pas compris. Elle a pété un câble. D'habitude je l'adore Gabrielle, mais bon là, j'avoue, je l'ai trouvée nulle. J'ai pleuré après parce que j'ai l'impression de mal faire et que je ne voulais pas que Gabrielle me déteste. Elle, elle est parfaite. C'est la plus belle, la plus cool, elle a sa pharmacie et sa chérie et elle parle de ma mère comme si elle vivait encore et personne ne lui dit jamais rien. Et moi, on veut que je parle mais on veut pas me laisser le voir. J'avais envie de parler avec lui et de lui demander si ma mère aurait pu être vivante et si ça aurait été différent.

Bon, en fait en arrivant là-bas je l'ai vu. On s'est regardés et j'ai fait demi-tour. J'avais pas envie de lui parler finalement. C'est un tueur et ça me fait un peu peur.

Mais j'aime bien ma vie. Est-ce que c'est mal de dire ça ?

Je veux dire, j'aurais préféré connaître ma mère et avoir une maman à moi mais c'est pas ce que j'ai eu. À la place j'ai eu mes mamies, ma tata et mes cousins. Les copines de maman aussi. Et puis j'ai eu Marc. Marc, c'est vraiment la personne que je préfère au monde. Je sais que ce n'est pas juste pour mes mamies et tata de dire ça. Parce que je les aime toutes beaucoup.

Mais Marc… c'est compliqué à expliquer. Il y en a pas deux comme lui dans ma vie. J'ai deux mamies, deux cousins, j'ai une tata, et plein de taties, des amies de maman, qui sont un peu des tatas aussi. J'ai une mère morte, et un père assassin. Marc, il est unique. J'aimerais qu'il soit mon père mais on ne choisit pas. Il m'a avoué un jour qu'il avait été très amoureux de maman et que s'il le lui avait dit peut-être que leurs vies auraient été différentes. Mais après il a dit que s'il avait fait ça je ne serais pas là, et que ça il ne pouvait pas s'y faire. S'il avait été mon père je ne serais pas moi. Et puis Marc il va être papa bientôt. Sa femme elle est gentille. Je suis un peu jalouse car il aura plus autant le temps pour moi mais j'ai compris qu'il avait le droit d'être heureux aussi. C'est compliqué tout ça. Marc, il trouve que l'idée d'écrire pour comprendre ce qu'on ressent c'est une super idée. Il m'a acheté un carnet.

Un jour, mon cousin Noé a dit : « Commençons par le commencement. » Elle est bête cette expression mais elle est logique quand même.

Pour moi le commencement c'est ma naissance, je dirais. J'avais une mère en vie et un père qui n'était pas un assassin. J'ai grandi à « l'abri du besoin », pour reprendre les mots de mamie. J'avoue que je ne me souviens pas de tout. Je sais juste que, parfois, même si c'est flou, je faisais semblant de dormir et j'attendais d'être sûre que ma mère dorme et qu'elle soit en sécurité parce que j'avais déjà vu mon père la taper. Je m'en veux un peu parce que ces fois-là je me cachais sous mon lit pour pleurer et j'en ai parlé à personne. J'aurais pu l'aider. Ça me trotte tous les jours dans la tête. Je me tourmente, comme dit tata. Il paraît que c'est à cause de ces événements que j'ai des crises d'angoisse et de tétanie des fois. Avant j'allais bien même si je dormais tous les soirs avec tata parce que j'avais peur qu'elle meure si je n'étais pas avec elle. Depuis deux ans, ça va moyen. Monsieur Carret, oui je sais, je le cite tout le temps, mais bon c'est mon carnet, je fais ce que je veux, il dit que ce sont les traumatismes qui frappent à la porte pour demander à être entendus puis apaisés. J'aime assez cette idée parce que ça veut dire que je vais aller mieux après.

C'est pour ça qu'il faut que je parle de ce qui s'est passé : des fois j'ai vu mon père taper sur ma mère, il lui hurlait dessus et je n'ai rien fait. Voilà. Dans ces moments-là j'avais très peur. Je voulais disparaître et puis j'avais peur que ma mère parte surtout. Je m'empêchais de dormir pour être sûre qu'elle serait là le lendemain et qu'elle ne disparaîtrait pas. Et elle a disparu.

Ma peur s'est réalisée. C'est ça qui est dur.

Petite, j'essayais d'être gentille avec mon père pour qu'après il soit gentil. J'ai déjà fait des bêtises et après il le reprochait à ma mère. Comme la fois où je l'ai entendu rentrer et où je n'osais plus demander à aller aux toilettes, alors je me suis fait pipi dessus. Et c'est à elle qu'il s'en est pris. C'était un peu de ma faute s'il était violent. Je m'en veux beaucoup car je me dis que j'aurais pu être plus sage et que ce ne serait pas arrivé. Quand j'ai expliqué ce que je ressentais à tata, j'ai vu qu'elle faisait un gros effort pour ne pas pleurer. Elle m'a rassurée, elle m'a dit que ce n'était pas de ma faute, que c'était lui l'unique responsable et que j'étais aussi une victime. Le soir je l'ai entendue pleurer avec mamie. Mon cousin Léo les consolait toutes les deux et Noé m'a emmenée au cinéma.

Mes cousins ils sont trop cools. Je suis trop contente que ce soit mes frères/cousins. Je les aime beaucoup et je me dis que j'ai quand même de la chance et que je ne peux pas me plaindre, mais c'est important que j'explique ce qu'il s'est passé pour aller mieux.

Donc, je me rappelle mon père hurler, mon père qui tapait et parfois ma mère qui criait, mais pas fort. Je faisais semblant de dormir et j'attendais. Puis un jour j'ai attendu longtemps. Je me souviens qu'Ani, ma nounou, que j'adore, est partie quand il faisait encore jour alors que quand mon père est arrivé il faisait nuit. Entre-temps, je me souviens, j'ai vu Cécile, ma tata. Elle était fâchée. Je me souviens que ça m'avait rendue triste et que je voulais aller lui faire un câlin mais j'ai eu peur de me faire gronder alors je suis restée cachée. J'étais fatiguée alors je suis allée dans mon lit, j'ai dormi un peu et puis j'ai entendu mon père rentrer. Je me suis cachée sous mon lit. J'ai attendu. J'entendais plein de bruits et je ne savais pas ce qu'il se passait. Personne ne criait ce jour-là. Et puis j'ai entendu la porte d'entrée claquer. Je me suis levée pour aller voir ma mère. Et puis je me souviens plus bien. C'est le traumatisme apparemment. Je ne sais plus ce que j'ai fait mais on me l'a raconté. Ani elle m'avait appris à retenir son numéro par cœur sur les téléphones. On avait joué à un jeu sur les chiffres. Et Ani répétait : « Tu m'appelles quand tu veux, mon cœur. »

Alors apparemment j'ai appelé. Elle m'a dit d'aller voir les voisins.

La voisine elle a hurlé, ça je me souviens parce que j'ai pleuré. Et puis j'ai attendu dans leur salon. Ani est venue me chercher et je me souviens bien qu'elle m'a fait un câlin et que j'étais trop contente de la voir. Je voulais rester avec elle. C'est bizarre de se souvenir d'autant de choses alors que j'étais très petite. Ani, maintenant, elle est vieille, mais pas aussi âgée que mamie, et je l'aime toujours autant. C'est ma troisième mamie, mais je continue à l'appeler Ani.

La suite, je sais plus du tout. Je crois que je ne garde pas un seul autre souvenir alors on a dû me les recréer. Je sais qu'Ani m'a gardée avec elle ce soir-là. Je sais que les policiers ont arrêté mon père, qui s'était enfermé dans sa voiture. Ensuite, tata, qu'Ani avait appelée, a dû venir pour identifier le corps. Pour ma tata ça a été très dur parce qu'elle était toute seule. Mamie était loin et Linda pareil. Alors elle a appelé Gabrielle. Gabrielle, c'était un peu comme Léa pour moi. Une meilleure amie pour ma maman. Et puis toutes les deux elles ont identifié le corps de maman. Le plus dur ça a été pour Linda car elle était au courant. Maman allait fuir auprès d'elle avec moi avant que cela n'arrive. Et Linda elle a refait la situation des milliards de fois dans sa tête. À chaque fois elle se disait que si elle avait agi autrement, maman serait encore en vie. Elle dit que la culpabilité de ne pas sauver les gens qu'elle aime, de les mettre en danger par son inaction est un fardeau qu'elle doit porter. Son destin. Les autres détails, je les ai eus en cherchant, quand j'ai commencé à me poser des questions. Maman elle avait des os brisés et les poumons perforés. J'ai lu des articles de presse là-dessus mais je ne suis jamais allée jusqu'au bout.

Jeanne Montet, une activiste pour le droit des femmes, s'est beaucoup investie dans l'histoire de ma maman et sur l'histoire d'autres femmes victimes de violences conjugales ensuite. Jeanne, elle est un peu liée à nous parce que sa mamie était une patiente de maman qui est morte d'une crise cardiaque dans les escaliers de leur cabinet à Marc et elle, seulement trois jours après le décès de maman. La mamie de Jeanne elle aimait beaucoup maman. C'est très triste. Jeanne est très belle et très intelligente. Elle lutte pour que les violences contre les femmes cessent. Jeanne répète sans arrêt qu'il ne faut pas détourner le regard et qu'il faut changer ce qui nous perturbe. Elle dit qu'elle veut faire évoluer les consciences. Avant elle « influençait », maintenant elle « révolutionne ». C'est Léo qui dit ça. Lui il est un peu secrètement amoureux d'elle, je crois. C'est bien si elle arrive à sauver des vies. Elle a aussi aidé une fille en lui proposant un travail. Maintenant, toutes les deux, elles collaborent sur plein de projets. C'est une fille qui connaissait ma maman et qui s'appelle Léna. Léna vient me voir tous les ans à mon anniversaire et elle m'offre une boîte de tampons et une paire de boucles d'oreille. Depuis qu'elle me connaît. Ça n'a aucun sens. Ça me faisait rire avant mais là en fait ça me gêne. Je n'ai toujours pas mes règles alors que Léa si, donc c'est un sujet dont je ne veux pas parler. Léna me dit qu'elle m'expliquera dans peu de temps pourquoi elle fait ça. Au moins les boucles d'oreille sont cools. Avant Léna vivait dans la rue. Elle a un vieux chien qui s'appelle Doggy. Elle dit que c'est son meilleur ami et que personne d'autre que lui n'a le droit de dormir avec elle dans son lit. Mamie trouve cela dégoûtant mais moi j'aimerais bien avoir un chien. Elle fume comme un pompier mais elle est trop sympa avec moi. Elle porte toujours une barrette verte plus du tout à la mode qu'elle accroche à son blouson. C'est sa « sœur » Jody qui lui a offert en signe d'espoir apparemment. Léna, elle a même écrit un livre qui s'appelle *Les Tribulations d'une chienne de rue*. Mamie refuse que je le lise pour l'instant, et tata et Linda sont d'accord avec elle. En tout cas elle et Jeanne sont super « engagées » comme elles disent. Léna, elle dit souvent que les gens qui en ont quelque chose à foutre sont rares et que ma mère et la grand-mère de Jeanne étaient de ceux-là. Jeanne et elle sont devenues copines après leur mort. Elles rêvent ensemble d'améliorer les choses. Léna dit que c'est ça le cadeau que lui a fait Jeanne. Croire. Et puis Jeanne dit que Léna elle lui a offert l'essentiel. J'ai pas très bien compris mais bon. Léna elle a trouvé un sens à « cette merde qu'est la vie ». C'est bien.

Un jour, Gabrielle est passée à la maison avec des fleurs. Elle a dit à mamie que c'était pour Nola. Elle avait l'air triste. J'ai vu mamie pincer les lèvres mais elle n'a rien dit. Au début, je ne savais pas qui était Nola et pendant longtemps personne n'a voulu m'expliquer. J'ai insisté, alors Gabrielle a pris sur elle de le faire. Je me souviens que tata et mamie la regardaient avec beaucoup d'attention quand elle le faisait. Comme s'il fallait faire attention à ne pas dire d'idioties. Je ne suis pas stupide, je l'ai bien vu, mais parfois mamie et tata pensent que j'ai six ans alors que j'en ai treize. Gabrielle me tenait la main avec gentillesse en m'expliquant. Elle m'a dit que Nola était une amie de maman qui a pas supporté son décès et qui s'est suicidée ensuite. Ça m'a rendue très triste quand je l'ai appris. Mais ensuite, en faisant mes recherches sur Internet, j'ai compris que Gabrielle ne m'avait pas tout dit. En fait, Nola elle était amoureuse de mon père et elle ne savait pas ce qui arrivait à maman. Elle a été horrifiée par ce qui s'est passé et elle a préféré ne plus vivre. La police l'avait interrogée. C'était elle la dernière à avoir vu mon père avant qu'il tue ma mère. C'est encore plus triste je trouve. Mon père il a brisé beaucoup de vies.

J'espère que si j'ai des enfants, ils auront un père comme Marc. Noé m'a juré qu'il serait un père génial vu que le sien ce n'est pas vraiment la joie et qu'en plus il a eu un oncle assassin. Léo lui il veut pas d'enfant. Je pense que Léo et Noé pourraient être de bons papas. En tout cas ils ne ressemblent pas à Cédric. Cédric, il me fait quand même de la peine. Il est un peu seul et essaie souvent de voir Léo et Noé. Mais Léo il dit qu'il s'est réveillé dix-huit ans trop tard et qu'il fallait être là quand les cœurs pleuraient et que le frigo était vide. J'ai trouvé ça vachement beau. Je l'ai écrit dans mon portable et je l'ai lu à mes copines. Elles ont trouvé Léo intelligent. Cécile, elle est super fière de ses enfants, et elle dit que je suis encore plus merveilleuse qu'eux, ce qui n'est pas peu dire pour elle. Elle est tellement cool Cécile, mais qu'est-ce qu'elle est chiante. Désolée tata. Mais c'est vrai. Elle est toujours derrière moi. Pour savoir si je mange assez, si on est gentil avec moi, si je dors bien, si je respire... Elle est traumatisée elle aussi.

Mon père, puisque je dois quand même en parler parce que c'est lui le responsable, il est en prison. Ça fait dix ans. Enfin huit parce qu'avant il était en détention provisoire en attendant son procès. Il a été condamné à quinze ans de prison. Quand il sera libre moi j'aurai vingt ans. On a beaucoup parlé de l'histoire de ma famille dans les journaux et sur Internet. Il paraît que mon père, avant d'être un assassin, il était très aimé par ses collègues et par ses amis qui ne se seraient jamais doutés de quoi que ce soit. Ses frères, mes oncles que je ne connais pas, ils disaient à la télé que c'était sans doute un meurtre passionnel. Que maman avait dû le tromper car il ne pouvait pas avoir fait ça sans raison. Gabrielle elle a frappé devant plein de journalistes celui qui avait dit ça. Super fort. Elle s'est cassé deux doigts mais selon elle « ça valait le coup ». Lui il a eu le nez cassé et après il n'a plus rien dit. La scène a fait le tour des médias pendant des jours. J'ai pu la retrouver sur YouTube. Mais elle ne le sait pas. On la voit lui mettre un énorme poing dans la figure. J'avoue que j'ai rigolé. Elle s'est fait engueuler par tout le monde après, surtout par Agnès, qui pourtant ne s'énerve vraiment jamais, mais Gabrielle était fière. Elle a raison je trouve, mais je ne le dirai pas devant mamie.

Les associations de lutte contre les violences faites aux femmes, dont celle de Jeanne, mes mamies, tata et les amis de ma mère ils ont trouvé que la justice n'avait pas fait son travail. Que quinze ans c'était trop peu. Moi j'ai juste peur que mon père me cherche à sa sortie. On m'a assuré qu'il n'en avait plus le droit. Et Marc m'a dit qu'il serait toujours là pour me protéger. Bon je préfère ça parce que j'avoue que le fait que mamie et tata soient seules pour me protéger de mon père ça me rassure pas trop.

Mamie m'appelle pour manger, je vais bientôt y aller. Mais je voudrais terminer en parlant de maman. Ça me fait toujours bizarre le mot maman. Souvent je dis « ma mère » parce que je n'ai pas eu beaucoup l'occasion de l'appeler maman en vrai. Je voudrais terminer en parlant d'elle car j'ai l'impression qu'on parle tout le temps de sa mort mais jamais de sa vie. C'est compliqué pour moi car je ne me souviens pas de son visage. J'ai uniquement des photos. Et puis je ne l'ai pas beaucoup connue, alors j'ai interrogé tout le monde pour faire une liste de choses sur elle. Il n'y a que des qualités, mais il paraît qu'elle en avait beaucoup :

1. Elle pensait toujours aux autres.
2. Elle était courageuse et drôle.
3. Elle était jolie et je lui ressemble.
4. Elle adorait danser.
5. Elle connaissait plein de films par cœur.
6. Elle avait un grain de beauté sur la joue comme moi.

7. Elle adorait que Linda lui presse des oranges le matin.

8. Elle m'a appelée Lucie car elle rêvait de s'appeler comme ça. Elle trouvait qu'Elisa c'était trop sage et elle voulait une petite fille pleine de fougue (ce sont les mots de mamie).

9. C'était la sœur la plus incroyable que l'on puisse avoir.

10. Elle était aimée et était inestimable.

11. Elle a fait tout ce qui était en son pouvoir pour que je sois heureuse.

12. Elle m'aimait plus que tout.

Si moi je dois ajouter un truc je pense que ce sera :

13. Merci maman.

Lucie

PS : je laisse ici la lettre qu'elle avait écrite à Marc avant d'essayer de s'enfuir avec moi. Mamie Martine, tata et Gabrielle aussi en ont eu une mais je n'ai pas le droit de les lire. Il paraît qu'Ani en possède une mais j'ai vu que c'était important pour elle de la garder. Elle n'a pas d'autre objet de maman. Je lui ai dit de la garder. Je crois que je n'ai jamais autant pleuré en lisant celle de Marc, mais en même temps elle me rend heureuse.

C'était comme si j'entendais sa voix. C'est la seule preuve que j'ai que ma maman a été vivante et pour moi ça n'a pas de prix. Un jour je la ferai encadrer. Mamie dit que c'est morbide même quand je lui ai promis que je cacherai les passages trop tristes. Mamie ne voulait pas que je la lise au début, mais Marc pense que j'ai le droit de savoir et qu'il faut arrêter de me cacher les choses essentielles. Ce n'est vraiment pas pour rien que c'est lui que je préfère au monde.

*

Marc,

Je t'ai menti. Il n'y a jamais eu de dégât des eaux au cabinet. C'était simplement l'excuse dont j'avais besoin pour justifier la fermeture.

Un flot de questions doit t'assaillir alors je préfère te prévenir : la lecture de mes explications risque de te prendre du temps et de t'ébranler. Quand tu auras pris connaissance de cette lettre tu pourras annuler mes rendez-vous de la semaine. Nous n'échapperons pas aux mécontents mais je suis sûre que la plupart des patients me pardonneront en apprenant que tu t'occuperas personnellement de la prochaine séance (je t'encourage à prendre grand soin de ma patiente Eugénie Marteau, qui, je crois, en pince un peu pour toi, mais restons déontologiques...).

Marc, je suis partie de chez moi. Pour de bon...

Du moins pour l'instant. Je t'arrête tout de suite, je n'ai pas fait une Martine. Je n'ai pas pété un câble en envoyant balader la terre entière parce que je ne supportais plus la lenteur morne de ma vie.

Si je suis partie, c'est parce que je n'avais plus le choix. Tu ne dois pas comprendre ce dont je parle, mais ça va venir très vite. Sers-toi peut-être un café mon ami. Je suis par avance désolée que ça tombe sur toi. Tu étais le seul sur qui je pouvais faire peser ça. C'est un lourd fardeau mais tu as toujours été la personne la plus fiable que je connaisse. Maintenant, ouvre ton tiroir de gauche s'il te plaît. Dedans tu trouveras des lettres avec le nom des personnes à qui elles sont adressées. Je te demanderais de les donner en personne, enfin sauf à ma mère peut-être, je ne vais pas t'imposer un si long voyage. Tu auras ainsi le temps de leur expliquer calmement.

Dans le tiroir, tu trouveras une autre enveloppe avec une clé USB. Sur cette clé, tu trouveras des photographies. Ne regarde que la première. Juste pour comprendre. Pas les autres s'il te plaît. Contente-toi de te dire que plus les photographies avancent et pire ce sera. Il y aura aussi des sons. Même consigne : n'écoute que le premier. Ensuite reviens à cette lettre et tourne la page. Mon cœur bat à toute allure à l'idée de ta stupeur face à ce que tu t'apprêtes à découvrir.

Bon et bien voilà. Tu sais. Je suis navrée de t'infliger de tels détails. Je te les confie par prudence. Ce sont des doubles. Au cas où les miens se perdraient. Peut-être aussi parce que comme tu les as en ta possession je ne peux plus faire demi-tour.

Depuis combien de temps ça dure ? Trois ans environ. Un peu plus. Les violences psychologiques, elles, ont commencé bien avant, mais de façon si insidieuse que je n'ai rien vu s'installer. Je n'avais pas conscience de tomber dans un cercle vicieux qui allait m'aliéner au point d'avoir l'impression de disparaître. Ce que tu as vu et entendu n'est qu'un échantillon de l'enfer dans lequel je suis plongée.

Je tremble à l'idée de t'écrire tout ça, et j'ai dû m'arrêter pendant plus d'une heure. Cet étalage ne me ressemble pas. J'ai juste décidé d'être plus courageuse le temps d'une lettre.

Tu sais, tu es le seul homme à qui je parle vraiment depuis des années. J'ai peur de parler aux autres. J'évite les patients masculins, les employés de caisse, les inconnus qui me laissent leur siège dans le métro (que je n'ai plus le droit de prendre de toute façon). J'ai l'impression qu'il m'observe en permanence, et que le moindre de mes faux pas lui sera rapporté. Tu es le seul homme qui me fait rire depuis que ça a commencé. Quand je rigole à la maison, il croit que je me moque de lui. Je n'ai plus le droit de l'accompagner vous voir car je lui fais honte. Il dit que vous me trouvez ennuyeuse et que c'est pour me protéger des critiques. Je crois que c'est comme ça que ça a vraiment commencé. Par ne plus vous voir. Il pense que lorsque je bois je me ridiculise. Que je ris trop fort et trop bêtement. Que je n'ai rien d'intéressant à dire. Il me demande à quel jeu je joue. Je prie pour que Lucie ne fasse pas pipi au lit car il menace de me quitter et de l'emmener loin de sa mère qui l'élève si mal. Je n'aime plus être au téléphone car il comptabilise les minutes que je passe et me demande un compte rendu des discussions. Il choisit mes vêtements. Au début ce n'était que des remarques. « Ça fait un peu pute. » Il pouvait faire la gueule une soirée entière si mes tenues ne lui convenaient pas. Maintenant c'est carrément un coup de pied, de poing ou pire. Rien qu'à l'idée que quelqu'un me touche j'ai envie de vomir, pourtant, la dernière fois tu as posé ta main sur mon épaule et j'ai pleuré ensuite. J'ai pleuré parce que c'était la première fois depuis longtemps que quelqu'un me touchait sans que je me sente mal. Je ne m'en suis pas rendu compte sur le moment, ce n'est que quelques minutes après que j'ai compris. Je me sens seule. Il m'isole. Il critique sans arrêt Cécile et prend la défense de Cédric en lui donnant raison. D'après lui mon « hystérique » de sœur ne mérite pas d'avoir un homme dans sa vie et il a parié que Léo et Noé la délaisseront dès qu'ils seront assez grands pour se rendre compte de l'épave qu'elle est. Il pense qu'elle est intrusive, qu'on la voit trop, il voudrait qu'on arrête de l'inviter à la maison. C'est la seule chose sur laquelle j'ai tenu bon et je ne sais pas pour quelle raison il a cédé. Il espère sans doute qu'elle rejoigne un jour Linda à Madrid. Je préfère ne pas te retranscrire ce qu'il pense de Gabrielle. Elle représente tout ce qu'il déteste : la liberté. Lui parle de décadence, de vice, de luxure. Il ne pourra jamais m'interdire de la voir car il aurait à s'expliquer auprès de vous. C'est pour ça qu'il la hait autant, car elle représente une limite qu'il ne peut pas franchir. Il essaie de me faire croire que Gabrielle le drague en soirée, qu'elle lui fait des avances. Il veut que je me fâche avec elle. S'il savait à quel point il la révulse.

J'ai peur qu'il m'interdise de venir travailler. Une femme qui rapporte de l'argent et qui a fait des études, bizarrement, ça ne le dérange pas plus que ça. C'est un faire-valoir. Le problème est ailleurs. Le problème c'est toi. Il ne pourrait pas être ouvertement jaloux. Il tient à son statut, à des amitiés masculines telles que la tienne. Il me répète sans cesse que tu vas trouver quelqu'un de plus compétent, qu'en soirée tu te plains de ma lenteur et que certains patients refusent que je te remplace. Je sais que c'est faux. Je l'espère de tout mon cœur. Il ne supporte pas que l'on travaille ensemble. Une fois tu as appelé Lucie « Ma puce », et tu ne pouvais pas le savoir mais en rentrant il me l'a fait payer. Il pense que tu t'appropries son enfant à cause de moi.

Je n'ai pas accès à mes comptes. Les chéquiers, les cartes bancaires et les papiers sont surveillés. Il ne me prévient jamais de l'heure à laquelle il rentrera, afin de m'obliger à être constamment sur mes gardes. Il pourra alors, au choix, débarquer lentement dans la pièce sans que je ne le voie, ou tambouriner à la porte en me hurlant de me dépêcher d'ouvrir, m'insultant au passage (de toute façon les voisins, monsieur et madame Taunais, sont à moitié sourds, ou font semblant de l'être).

Et puis il y a le reste. Je ne vais pas m'étendre car je pleure trop et je vois à peine ce que j'écris. Je crois qu'il a quelqu'un d'autre et pourtant ça ne lui suffit pas. Pardon pour ça. Pourtant il me répète en permanence que je suis moche surtout par rapport à mes copines. La dernière fois il m'a dit qu'il se taperait bien Pauline et Sophie ensemble. Et puis il agit comme s'il n'avait pas le droit d'en parler pour me faire croire qu'il l'a fait. Est-ce que je le vivrais mal ? Ce ne serait qu'une humiliation supplémentaire. Je crois que je n'ai plus vraiment la notion de ce qui est acceptable ou non. Même si, ces derniers temps, je commence à réaliser.

Je vous ai menti tant de fois que je ne sais plus si ce que je vous ai dit était vrai ou pas. Tu te rappelles de mon entorse ? J'ai tellement répété que j'étais tombée sur un trottoir que j'ai presque failli y croire.

Il est bien trop malin pour me frapper au visage. En tapant sur les jambes et le ventre il était sûr au moins que je ne mettrais plus tous ces vêtements qu'il déteste. De toute façon je crois que j'ai grossi. Mes jupes d'antan ne m'iraient plus vraiment.

Je pensais naïvement que les choses se calmeraient. Je l'ai aimé. Vraiment. Et une partie de moi le plaint. Mais je sais que je ne dois pas lui trouver des excuses. C'est juste qu'on a fondé une famille, et que je l'aimais vraiment fort. Je me cherche une excuse à moi-même. Je n'ai pas su protéger ma fille de ça mais je pense qu'il n'est pas trop tard pour Lucie. Elle a été épargnée je crois. Son père n'a pas encore eu le temps de la casser même si je sens qu'il suffirait de peu.

Je pars voir Linda. Ne t'inquiète pas, je ne déménage pas en Espagne. Elle a loué une maison dans le sud de la France. Pour le moment je ne te dis pas où car je sais qu'il va retourner la terre entière et, même si je te fais une confiance aveugle, il est possible qu'il te fasse du chantage, qu'il t'envoie des avocats. Ne lui dis pas pour Linda. Il va l'appeler mais c'est une bonne actrice. Elle lui fera croire que j'ai dû partir à La Réunion rejoindre Martine. Le temps qu'il prendra à tous vous asticoter (pour ne pas dire harceler) me permettra de mettre un peu d'ordre dans ma vie. Il a toute une réputation à tenir, et c'est la seule chose qui me protège encore. De mon côté, tu t'en doutes, j'aurai coupé mon portable.

C'est beaucoup à encaisser, j'en conviens. Mais j'ai un autre service à te demander : prends soin de Cécile pendant mon absence. C'est à elle qu'il s'en prendra d'abord. Il la pense faible. Il va essayer de la faire flancher. Il va menacer mes neveux à demi-mot. Il va appeler Cédric. Ne le répète pas à Cécile, son statut d'aînée la rend très réticente à toute forme de tentative de protection de ma part, mais tu pourrais peut-être lui proposer de s'installer chez toi avec les petits en attendant que ça se tasse ?

Ma mère va te mener la vie dure quand tu vas l'appeler. Elle va te presser le citron et peut-être un peu crier. Ne te laisse pas trop impressionner.

Ne leur montre pas les photos s'il te plaît. Je ne supporte pas l'idée qu'elles me voient ainsi.

Je n'aurai sans doute pas assez d'une vie pour te remercier de tout ce que tu vas faire pour moi, Marc, mais je peux commencer maintenant : merci mon cher ami. Ton amitié m'est infiniment précieuse et je compte bien te le prouver dès que je reviendrai ! Embrasse tes parents pour moi.

Je t'embrasse aussi, très tendrement. (Tu n'imagines pas l'effet transgressif de cette phrase !!)

Lisa

PS : Oublie ce que j'ai dit sur Martika. Ne te remets pas avec. Gabrielle me tuerait si elle savait que j'ai insisté pour que tu lui pardonnes.

Remerciements

À Susanna Lea pour la chance qu'elle m'a offerte, pour sa bienveillance et pour son soutien sans lequel rien n'aurait été possible. À Soazig Delteil pour avoir ouvert la voie, mais aussi pour son aide précieuse, sensible et juste qui a tant apporté. À Alix Penent pour m'avoir accompagnée avec une vision éclairée et inestimable mais aussi avec générosité et dont chaque conseil a participé à rendre ce livre meilleur. À Emma Saudin pour sa réflexion, pour sa disponibilité et pour son regard affûté qui n'a eu de cesse de le perfectionner. Merci à toutes pour leur confiance, leur gentillesse, leur temps et leurs mots. Je n'aurais pas pu être mieux entourée.

À Adrien, pour tout, mais d'abord pour y avoir cru dès la première ligne.

À ma mère et à Hugo pour leurs analyses, leurs lumières, et leur confiance inébranlable.

À Justin pour avoir été le premier à lire ce roman et surtout pour avoir eu le courage de le faire.

À Romane et Élodie, pour ce pari il y a dix ans.

À mes premiers lecteurs, Corinne, Pauline, Johanna, Thibault, Julie, Myriam, Marine, Lola, Noémie, Maëva, Gaëlle, Éléonore, Aurélie, Sophia, Julien, Carine, Enguerrand, Yann, Angélique et Sylvain, pour m'avoir accompagnée avec excitation et énergie positive. Merci pour tous les débats passionnés et pour les critiques constructives.

À Maxime pour sa patience et pour Lisbonne.

À Vincent pour m'avoir déposée devant la bonne porte.

À tous mes proches qui, sans exception, m'ont soutenue et ont partagé avec moi toute la joie des bonnes nouvelles. Merci pour leurs encouragements et leur attente excitée qui je l'espère n'aura pas été déçue.

Et à vous, lectrices et lecteurs, pour toutes celles et tous ceux que vous êtes.

Table

Le seuil des souffrances 13
Jeanne 21
Les prix que l'on paye 41
Eugénie 49
Le parallèle 63
Nola 69
L'invisible évidence 91
Lénita 97
La main tendue 123
Ani 127
La force qui nous habite 139
Gabrielle 141
Le poids de l'ignorance 163
Cécile 173
La somme des compassions 195
Linda 207
Le coût du sourire 221
Le début du commencement 227

Imprimé en France par CPI
en mars 2021

NORD COMPO
multimédia

Composition et mise en pages
Nord Compo à Villeneuve-d'Ascq

Dépôt légal : mai 2021
N° d'édition : L.01ELJN000996.N001
N° d'impression : 163024